謎ときエドガー・アラン・ポー

知られざる未解決殺人事件

竹内康浩

新潮選書

奉仕の気持になりはなつたが、
さて格別の、ことも出来ない。
そこで以前《せん》より、本なら熟読。

——中原中也「春日狂想」

まえがき

こんなことを言えば途方もない妄想家だと思われるでしょうが、どうやら私はエドガー・アラン・ポーの未解決殺人事件を発見し、その謎を解いてしまった気がするのです。

一人の男が殺されているというのに、現場にいる登場人物たちは誰もそれに気づかない。殺害場面を読んでいるはずの読者も、その犯行を見過ごしてしまう。そんな巧妙な完全犯罪が、もう二世紀近くもの間、ポーの作品の中に隠されたままになっていると私は思うのです。

その作品とは「犯人はお前だ」という短編小説です。四十歳という若さで不遇の人生を終えたポーが死の五年前に書いた「最後の推理小説」です。「アッシャー家の崩壊」や「黒猫」など、ポーを代表する作品と比べれば、知名度ばかりか評価も高くありません。「推理小説のパロディー」と言う向きすらあります。しかし、「犯人はお前だ」こそ、埋もれた傑作というありふれた形容では済まされないほど、ポーの天才の神髄を私たちに教えてくれる希有な作品ではないか。ここに描かれた「未解決」の殺人事件こそが、ポーの作品世界を読み解く鍵なのではないか。私がこれからお話ししたいのはそのことです。

ポーといえば、推理小説の始祖として知られています。それまでにも犯罪とその解決を描く物語はありましたが、ポーは「モルグ街の殺人」という1841年に発表された短編で、名探偵オーギュスト・デュパンを創造し、現在の私たちが思い浮かべる推理小説の典型的な要素――謎めいた事件の発生、警察による捜査の失敗、天才的頭脳を持つ探偵による謎の解決――を作り上げたのでした。

これは画期的な、いわば文学的な事件でした。もしもこの作品でデュパンが登場しなければ、後にコナン・ドイルのシャーロック・ホームズも生まれなかっただろうと、かの江戸川乱歩も感嘆したほどです。アメリカの国民作家マーク・トウェインも、あまたの推理小説の中で「モルグ街の殺人」だけを高く評価してこう言いました――「自分の推理小説を恥ずかしく思わないでよいのは、『モルグ街の殺人』を書いた作家以外には一人もいないだろう」。ただし現在、ポーの最高の推理小説とされているのは最後のデュパンもの、「盗まれた手紙」です。二十世紀後半、フランスの知の巨人ジャック・ラカンやジャック・デリダが相次いでこの作品を論じ、その後も批評的な関心を集めることとなりました。

しかし、さらにそれを超えるものとしてポーが世に問うたのが、その数ヶ月後に発表された野心作、すなわち「犯人はお前だ」であり、この作品こそがポーの推理小説の最高到達点だと私は思うのです。

ポー自身にとって「盗まれた手紙」と「犯人はお前だ」は、絵に描いた餅と本物の餅ぐらい違っていたのかもしれません。「盗まれた手紙」で描かれた事件は、いわば紙上の餅で、読者はそれを解く楽しみを味わうことはできません。「食べる」役を名探偵デュパンが担うからです。他方、デュパンのいない「犯人はお前だ」では、読者自身が事件の謎解きをすることになります。そんな特別な作品を、ポーは読者に差し出してくれたのだと思います。

謎解きは楽しい。ポー自身がそのことをよく知っていました。最初のデュパンものである「モルグ街の殺人」の冒頭、いの一番にポーが書いたのはそのことでした――

> 傑出した分析能力を持っている人にとって、その能力が最も強烈な喜びの源泉となることを私たちは知っている。ちょうど屈強な男が自身の身体能力を勝ち誇り、その筋肉を動かす運動を楽しむように、分析者はもつれたものをほぐすという精神的な活動を喜ぶのである。[528 強調原文]*1

ポーが引き合いに出したのは、食べ物ではなくて運動ですが、入り組んだ謎を解く（もつれたものをほぐす）ことも自分でやってみるのが一番楽しいのです。

ただ、ポーが「犯人はお前だ」を書いたのは、単に読者のためだけではありませんでした。ポー自身がデュパン・シリーズに満足していなかったからでもあります。どうやらポーにとっても、デュパンものは「絵に描いた餅」に見えていたようです。

ポーは友人に宛てた手紙のなかで、人々が自分の推理小説を過大評価していると述べています。その理由はこうです──「たとえば『モルグ街の殺人』もそうだが、作家自身が元々解決する明確な意図を持って編み上げた謎を解いて見せたからといって、そのどこがすごいのだろうね？」[*2]

推理小説は作家が謎を作り、それを作家自身が造形した探偵に解かせることで成り立っています。つまり、作家が出題者と解答者という二役を一人で演じています。そんな「茶番」のどこがすごいのか、ということでしょう。

では、ポーにとって「すごい」推理小説とはどんなものだったのでしょうか。

本書で問いたいのはそこです。

まずは序章から順を追って読んでいただければ、ポーの脳内にはあったけれど、二世紀近く他の誰も解くことのなかった「未解決殺人事件」が、そしてなぜこの作品がポーの作品世界を読み解く鍵であり、「ポー最後の推理小説」となってしまったのかが浮かび上がってくると思います。

謎ときエドガー・アラン・ポー——知られざる未解決殺人事件　目次

謎ときエドガー・アラン・ポー

知られざる未解決殺人事件

序　章――「犯人はお前だ」全文訳

「まえがき」でポーが「推理小説の元祖」とも評される「モルグ街の殺人」をはじめとする自身の作品を「どこがすごいのだろうね？」と友人に述べていることに触れました。ポーは謙遜していたにすぎなかったのでしょうか。おそらくその裏には、ある自信が秘められていたのだと思います。というのも、自作に対するこの評言自体、「茶番」――作家が出題者と解答者という二役を一人で演じている状態――に対する解決策をすでに暗示しているからです。

答えは簡単です。一人二役が問題なら、それを解消すればいい。謎を作る人と謎を解く人を分ければいい。それだけのことです。当然、ポーもそう考えたに違いありません。

そこでポーは「犯人はお前だ」を書いた。自分が犯人役を担って謎を作る一方で、デュパンには席を空けてもらう。そこに読者が探偵として腰を下ろすためです。そうすれば、犯人（作家）と探偵の対決は真剣勝負になります。

さらにもう一つ、ポーには読者に謎の答えを与えないでおく大きな理由がありました。読者というものは作家が出す結論には満足しないものだ、とポーは考えていたのでした。答えは読者自身に探させなければならない、ということです。

奇《く》しくも「モルグ街の殺人」の発表の一ヶ月後、ポーは文豪チャールズ・ディケンズの連載小説『バーナビー・ラッジ』の初めの数回を読んで、そこに描かれた殺人事件の真相を書評の中で予想しています*3。まだ連載中のディケンズの迷惑も顧みず、ポーは探偵役を勝手に担って読み解いてしまったわけですが（彼の予想は大筋で正解でした）、私たちにとって興味深いのは、その記事でポーがさらにディケンズの「失敗」も予想していることです。曰く、「まだはっきりしないが何かの犯罪が起きたことをほのめかしておくことは効果的な書き方だと一般的にはされているが、それがよいものとされるのは結末で答えが明かされず読者が自分自身の想像力で謎を解く場合に限られるのだ。思うに、ディケンズ氏にそんな策はないだろうが」。ようするに、ディケンズは最後に答えを書いてしまって読者をがっかりさせるだろう、とポーはシニカルに予言したのです。

作家は事件の謎を提出するにとどめて答えは書かず、謎解きは読者に任せておかねばならない――ただし、この方法の欠点は、読者のやる気が必要不可欠である点です。せっかくの餅も誰かに食べてもらえなければ、カビが生えて無駄になるだけです。ポーが読者を知的勝負に誘《いざな》っても、それが実現するかどうかは、誘いを察知する読者の嗅覚次第なのです。

結果は凶と出ました。目の前に極上の謎があっても、読者はいっこうに解こうとしません。ポーは大いに失望したはずです。事実、「犯人はお前だ」を最後に、ポーは推理小説の執筆を止《や》めてしまいました。

しかし、知的な真剣勝負への熱が冷めたわけではありません。今度は、ポー自身が謎を解く側に回ります。相手として選んだのは、大胆なことに「神」でした。宇宙の神秘を解こうと挑んだのです。この作品については本書の最後でも触れますが、作家人生の最後に、彼の挑戦は宇宙論ともいえる『ユリイカ』という作品に結実しました。自分が出した答え——それは今でいうビッグバンやビッグクランチに似た宇宙論でした——に興奮したポーは、行く先々で自説を熱く語ったことが知られています。しかし、むろん反応する人は少なく、死ぬまでの約一年半の間、天才の孤独を再び味わったようです。

振り返れば、最初から最後まで、いろいろと不満の多い人生をポーは送りました。幼くして両親を失い、裕福な養父に育てられたものの、遺産は受け取れませんでした。大学は一年たらずで退学し、士官学校に入るも軍人のキャリアは捨て、編集者となるも様々な出版社で上司と衝突し、経済的な安定は一生得られませんでした。今では傑作と知られる数々の作品も、そこから彼が得た収入はごくわずかです。死の四年前に詩「大鴉《おおがらす》」で一躍有名になったものの、相変わらず極貧の日々を送ります。じきに十三歳下の妻が亡くなると、義母が金策を手伝ってくれているというのに、他の女性たちに求婚を始めます。そのうちの一人との結婚を前にした一八四九年十月七日、四十歳のポーは旅の途中、ボルティモアで謎の死を遂げます。なぜその町にいたのか、なぜ他人の服を着ていたのか、持ち物はどこに消えたのか、そもそも死因は何なのか。病死なのか他殺なのか自殺なのか。繰り返し失望し、落ち着きなく移り気で、常人には理解しがたいポーの人生は、その幕切れも謎に満ちたものでした。

今でこそ、作家ポーの地位は揺らぐものではないでしょう。もはやその名声に加えるべきは何もないように思われるかもしれません。しかし、私はこの本でポーの知られざる完全犯罪の物語「犯人はお前だ」を読み解きながら、もう少しだけ、人々が思うよりもポーが天才だったことを明らかにできればと思っています。さらにそれは、天才の思考方法の秘密を探ることにもなるでしょう。

ポー全集の編者として知られるトマス・オリーヴ・マボットは、「犯人はお前だ」の功績をいくつか挙げています。まず、喜劇的推理小説の嚆矢であること、もっとも犯人らしくない人物(被害者の友人)が犯人という仕掛け、さらに弾道学を用いて銃弾を決定的な証拠とした最初ではないけれども初期の)例であること、等です。特に第一の点については、ほとんどの批評家が一致して、この作品を推理小説のパロディーと見なしています。殺人事件が扱われていますが、その解決が少々ふざけているように思われるのも一因です。

しかし、「犯人はお前だ」の良さはそこではない、ポーの天才は別の形で輝いている、と私は思っています。

では、皆さんの評価はいかがでしょうか。これから作品の全文を拙訳で読んでいただきたいと思います。原稿用紙三十枚程度の短編です。全編にわたって語り手が読者にむかって話しかける形式で書かれているので「ですます」調で、また後の議論のために、日本語の自然さよりも元の英語に忠実であることを優先して訳しました(たとえば、早速第二段落には「彼の体を捜しに出かけました」という奇妙な表現がありますが、原文通り訳しています)。
ではまずお読みください。

「犯人はお前だ」全文訳

あのオイディプスよろしく、私はこれからラトルボローの町の謎を解いていきましょう。ラトルボローの奇跡を実現した策略の秘密を皆さんに説明できるのは私しかいないのですから。あの本当の、明白な、誰も疑わない、疑問の余地のない奇跡を見たラトルボローの住人たちは、不信心をきっぱり止めました。かつては大胆に懐疑派だった世俗の連中全員が、ばあさんたちの集う正統派の信仰へと改宗したほどの奇跡なのです。

あれは――奇跡を語るにしては私の口調が陽気すぎて申し訳ないのですが――18XX年の夏のことでした。町で有数のお金と地位をお持ちだったバーナバス・シャトルワージーさんが行方不明になって数日たち、状況からして犯罪に巻き込まれたに違いありませんでした。ある土曜のごく朝早く、シャトルワージーさんは馬に乗ってラトルボローを出発、夜には戻ってくるつもりで十五マイルほど先のXX町へ向かったことは明らかでした。しかし、出発から二時間後、彼なしで馬だけが戻ってきて、出かけたときにはその背に結わえてあった鞍袋も無くなっていました。

馬には傷があり、泥だらけです。こうした状況なので、当然、行方不明者の友人たちは大いに心配しました。そして日曜の朝、まだ男が姿を現さないので、町中総出で彼の体を捜しに出かけました。

捜索を始めるに際して、一番前向きで意欲的だったのは、シャトルワージーさんの親友、チャールズ・グッドフェローという方で、皆さんから「チャーリー・グッドフェロー」とか「気さくなチャーリー・グッドフェローさん」とか呼ばれていました。それにしても、これは驚くべき偶然の一致というべきか、あるいは名前自体が人格に微妙な影響を及ぼすのか、私にははっきり分からないのですが、しかし、疑い得ない事実として、チャールズという名の人物なら誰でも、寛大で、勇ましく、正直で、温厚で、心が広くて、聞き惚れてしまうほど声が朗々としてよく通り、眼はまっすぐにこちらの顔を見て、まるで「私の良心には一点の曇りもなく、誰かから逃げることもありませんし、邪悪な行いなど一切いたしません」と言いたげなのです。そんなわけで、演劇では典型的な紳士がほぼ確実にチャールズという名前なのです。

さて、「気さくなチャーリー・グッドフェローさん」も、まだラトルボローに来て半年かそこらしか経っていませんでしたが、そしてそこに住み着くまでの素性を近所の人々は全く知りませんでしたが、実にすんなりと町の立派な人たちに近づきました。彼のたった一言を皆さん例外なく千倍にしていつも受け取っていましたし、女性たちは彼を喜ばすためなら何でもやりました。これも全て、チャールズという名前のおかげで、これまたその名前ゆえに純真な顔立ちをし、それがまさに世に言う「最高の推薦状」になっていました。

すでに言いましたとおり、シャトルワージーさんはラトルボローで有数の地位と、そして間違いなく有数の富を持っていて、そんな彼とまるで兄弟のように「気さくなチャーリー・グッドフェローさん」は親密にしていました。二人の紳士はお隣同士で、シャトルワージーさんが「気さくなチャーリー」宅を訪れることはあったにしても滅多になくて、そこで食事をすることなど決してないことは知られていましたが、にもかかわらず、私がさっき言いましたとおり、二人はこよなく親密になっていました。というのも、「気さくなチャーリー」は毎日必ず三度か四度は隣の友人の様子を見に行き、たいていは朝食やお茶の時間まで、そしてほとんどいつも夕食どきまで滞在していたのです。それでまた仲良し二人が一度に飲み干すワインの量といったら、本当に計り知れないほどでしょう。気さくなチャーリーが好んで飲んだのがシャトー・マルゴーで、一クォート〔1リットル弱〕また一クォートとがぶ飲みする姿をシャトルワージーさんも目にして、友人に心から満足しているようでした。その結果、ある日、ワインが入って知性が、当然の結果として、どこかに出て行った時間帯に、彼は友人の背中をたたきながら言ったのです。「チャーリーさん、どうみてもあなたほど抜群に飲みっぷりの良い男に、私はこれまでの人生でお目にかかったことがないですよ。こんな具合にワインをがぶ飲みするのがお好きなあなたに、シャトー・マルゴーを大きな箱ごとプレゼントしなかったら、神様が私を腐らせちゃいますよ」（シャトルワージーさんには軽々しく神様を持ち出すよからぬ癖がありましたが、それでも「神様のバチが当たる」とか「神よ」とか「神の恵みよ」とか言う程度で、神を冒瀆するほどではありませんでした）。続けて言うには、「神様が私を腐らせちゃいますよ、今日の午後すぐにでも、入手可能な最上の大箱一つを町に注文しなきゃね。そしてあなたにプレゼントしますよ。そうしますよ！——あなたは何も言わないで——私はそうしたいんですよ。これで決まりです。待ってて下さいね。プレゼントがお手元に届きますよ、ある晴れた日にね、全く思いがけないときに届きますから！」。私がシャトルワージーさんのこのようなちょっとした気前のよさを紹介したのは、仲良しなお二人の間にどれほど深い相互理解があったかを、単にお見せしたかったからなのです。

さて、問題の日曜の朝、シャトルワージーさんが犯罪に巻き込まれたに違いないとなると、「気さくなチャーリー・グッドフェローさん」ほど深く落ち込んだ人はいませんでした。顔面蒼白になって事の詳細を聞いていました——馬が主人なしに戻ってきたこと、主人の鞍袋が無くなっていたこと、そして血だらけの馬の胸にははっきり貫通したと分かる銃弾の傷があったが、馬はまだ生きていること——そう聞くと、まるで愛する兄弟か父が行方不明になったかのごとくに、激しく打ち震えて、まるで熱病の発作のようでした。

当初、彼はあまりに悲しみにうちひしがれて何をすることもできず、どう行動すべきか決められずにいました。そんなわけで、シャトルワージーさんの他の友人たちもこの件で大騒ぎすることがないように、彼は長々と頑張って説得していました。最善の策はしばらく待つことだ——たとえば一、二週間か一、二ヶ月——そうすれば何か見つかるかもしれないし、シャトルワージーさんが普通に戻ってきて、馬だけを送り返した理由を説明するだろう、彼はそう考えていました。あえて言えば、とても痛切な悲しみで苦しんでいるせいで、時間稼ぎをしたり先延ばしをしたりしがちになる人のことを、皆さんもしばしば見たことがあるはずです。頭が働かなくなってしまって、行動することが怖くなるのです。静かに布団にくるまって、老女たちがよく言う表現を借りれば、「悲しみに浸る」ことを何より好むのです——つまりは、ひたすら悩みに悩むのです。

ラトルボローの住人たちは、「気さくなチャーリー」の知恵と分別を本当に高く評価していたので、大多数は彼に同意する気になって、あの正直な老紳士が言ったとおり「何かが見つかるまで」何もしないでいるつもりでした。結局、そのようにおおかた決まったはずだと私も思うのですが、シャトルワージーさんの甥っ子が怪しげに出しゃばってきたのです。浪費や放蕩癖のある若者で、おまけにかなり悪い人間です。ペニフェザーという名のこの甥っ子が、「静かに待つ」ことの分別をどうしても受け入れず、「殺された伯父の死体」を直ちに捜索することを主張したのでした。するとグッドフェローさんは、実際こう言ったのです。それは「奇妙な表現だな。それ以上は言わないが」と。気さくなチャーリーのこの言葉は、人々に絶大の影響も与えました。一人が何かに気づいたようにこう問うたのが聞こえました——「自分の伯父が『殺された』とはっきり間違いなく断言するとは、一体あのペニフェザー氏なる若者は裕福な伯父が行方不明になった状況を深く知りすぎているのではないか」。すると群衆の他の人たちもざわめいて言い合いを始めました。とくに「気さくなチャーリー」とペニフェザー氏の間でも。といっても実際、二人の口論は珍しいことではなく、この三、四ヶ月の間、二人の間にあったのは悪意ばかりでした。事はこじれて、ペニフェザー氏が実際に伯父の友人を殴り倒したこともありました。甥っ子と伯父とが同居している家の中で、グッドフェローさんがあまりに自由に振る舞っていたからだ、とのことです。そのとき「気さくなチャーリー」はキリスト教的慈悲の模範のような温和さで振る舞った、と言われています。殴られた後、立ち上がって服を整え、殴り返そうともしませんでした——ただ「いい機会があり次第、すぐに復讐してやる」とつぶやいただけです。その怒りの表現は自然で当たり前のことで、意味など全くありませんし、疑問の余地なく、口にするやいなや忘れ去られました。

それに関する事の次第が何であれ、今の関心事には全く関係ありません。間違いなく言えるのは、主にペニフェザー氏に説得されて、ラトルボローの住人たちが近隣一帯に分散して行方不明のシャトルワージーさんを捜そうとついに決断したことです。当初はこのように決断した、と私は申し上げます。捜索の開始が完全に決まると、当然のごとく捜索隊は分散するものと思われました——つまり、地域一帯をくまなく捜索するために、いくつものグループに分かれるということです。しかし、「気さくなチャーリー」がどんな巧妙な理屈でもってしたのか、私はもう覚えていないのですが、それが取りうる最悪の捜索計画だと人々を最終的に説得したのです。とにかく、人々を納得させました——ペニフェザー氏を除いて全員を。そして結局、「気さくなチャーリー」を先頭にして、住人たちが一団となり、注意深くそしてぬかりなく捜索が行われるよう取り決められました。

そのことに関しては、山猫の目を持つ者として皆に知られている「気さくなチャーリー」ほどふさわしい先導者はいなかったでしょう。近所なのに誰もその存在に気づかなかったようなルートを通って、彼は人の眼につかないあらゆる穴やら隅っこやらに人々を導きました。そして捜索は一週間近く、昼夜を通して絶え間なく行われました。にもかかわらず、シャトルワージーさんの痕跡を何一つ見つけられません。何一つ、と私が言っても、文字通り厳密にしゃべっていると受け取ってはなりません。痕跡は、ある程度はもちろんありました。あの不幸な紳士の足取りは、特徴のある馬のひづめの跡を頼りに町から東に約三マイル、町へと続く本道上の地点までたどれました。そこから足跡は脇にそれて、木の茂みを通り抜ける道へと進みました。すると再び本道に戻ったときに半マイルほどの近道になります。捜索隊がその道沿いに足跡をたどると、道の右脇に半分茂みに隠れているよどんだ水を湛えた池にたどり着きました。池の反対側に足跡は全く見当たりません。一方、ここでなんらかの格闘が起きたようでもあり、まるで何か大きくて重い体が、つまり人間よりずっと大きくて重たい生き物の体が、その脇道から池へと引きずられたようでもありました。池を二度さらったものの、何も見つかりませんでした。何の成果も上がらぬことに失望して、捜索隊が帰ろうとしていたとき、神のお告げがグッドフェロー氏にあって、池の水を全部抜いてしまうという妙案がもたらされました。この案に皆は歓声を上げ、「気さくなチャーリー」の聡明な思慮を褒め称えました。死体が見つかったら掘り出せるように鋤を持ってきていた人は多くいたので、排水は容易に素早くできました。池の底が見えるやいなや、そこにあった泥のちょうど真ん中から黒い絹ビロードのベストが見つかり、ただちにそれがペニフェザー氏の持ち物であることが、その場にいたほとんどの人に分かりました。ベストはずいぶん破れて血で汚れていましたが、捜索隊の何人かは、シャトルワージーさんが出かけていったまさにあの朝そのベストを持ち主が着ていた、とはっきり思い出しました。他の何人かは、必要ならば宣誓して証言してもいいが、あの忘れられぬ日の残りの間、問題の服をペニフェザー氏が決して着ていなかったと言います。さらには、シャトルワージーさんが行方不明になって以来、ペニフェザー氏がその服を着ているのを見たと言える人は一人もいないのでした。

ペニフェザー氏にとって事態は深刻になりました。氏に対しての疑いが議論の余地なく確実になったのは、皆の前で氏が目に見えて青ざめ、何か言うべきことがないかと問われても全く一言も発することができなかったからです。この時点で、氏の放埒な人生でできた数少ない友人たちは、すぐに彼を見捨てただけでなく、誰もが知る積年の敵たちよりも声高に、氏を逮捕するように騒ぎました。しかし、他方、グッドフェロー氏の寛大さは対照的だったゆえにいっそう鮮やかに輝くこととなりました。ペニフェザー氏を弁護する彼の言葉は温かくて実に雄弁で、この若い荒くれ者——すなわち「立派なグッドフェロー氏の相続人」——を心の底から赦す、と一度ならずも口にしました〔ペニフェザーは「グッドフェロー氏の相続人」ではなく「シャトルワージー氏の相続人」であったはず〕。彼（あの若い紳士）は明らかに激情に駆られて、私（グッドフェロー氏）を侮辱することが正しいと思ったのでしょう。「彼のことは赦しました、心の底からです」と彼は言いました。そして自分自身（グッドフェロー氏）としては、口にするのも遺憾ながら、この疑わしき状況はペニフェザー氏に実に不利になっていますが、そこを突き詰めるのでは全然なくて、自分（グッドフェロー氏）は力の限り努力して、なけなしの雄弁さでもってして、して、して、ですね、良心の赦す限りにおいて、たとえ非常に困ってしまうようなこの一仕事での最悪の局面をも、なんとか和らげたいものです、と言いました。

グッドフェローさんの頭と心の良さはたいしたもので、こんな調子で半時間も話し続けました。しかし、心の温かい人々というのは口べたなもので、必死に友人の助けになろうと慌てているときなどは、つっかえたり、食い違ったり、言い間違えたりするものです。そんなわけで、ひたすら親切にしようと意図しているのに、その目的を推し進めるよりも果てしなくさらに損なってしまうのです。

この場合も、「気さくなチャーリー」が雄弁を振るったにもかかわらず、そんなふうになってしまいました。というのも、容疑者のために熱心にがんばったにもかかわらず、結局は、いろいろと口を開けば開くほど話を聞いている人々の信用を失わせていくという、意図せぬ直接的な傾向があったのです。結果的に、容疑者を弁護しようとしても、すでに疑い始めた人々をさらにけしかけ、群衆の怒りの炎に油を注いでしまったのです。

彼が雄弁を振るっているときに犯してしまった不可解きわまる間違いの一つは、容疑者を「立派な老紳士、グッドフェロー氏の相続人」と呼んだことです。それまで本当に誰もそのことを思いつきませんでした。人々がただ覚えていたのは、一年か二年前に相続権を奪うと伯父が脅したことぐらいでした（甥っ子は存命している唯一の親戚でした）。そんなわけで人々は、相続権を奪う取り決めがなされたものと見なしていました――ことほどさようにラトルボローの住人たちは思い込みの激しい人種なのです。しかし、「気さくなチャーリー」のあの一言で、人々はこの点について考え始め、ひょっとするとあの脅しは単なる脅しにすぎなかったのかもしれない、と見なすようになりました。するとただちに「クイ・ボノ？（誰が得をするのか？）」という問いが当然浮かんできました――あのベストよりこの問いの方がもっとあの若者と恐ろしい犯罪を結びつけたのです。さてここで、私の話を正確にご理解いただくために、少しだけ脱線して、私が先ほど使ったあの非常に短くて簡単なラテン語のフレーズが、いつも決まって誤訳され誤解されている次第を述べさせて下さい。全ての一流の小説などで——たとえばゴア夫人（『ヤシル』の著者）はベクフォード氏の著作から一貫したやり方で「必要に応じて」知識を補ってもらいながら、古代カルデアからインディアンのチカソーまであらゆる言語を引用しますが——全ての一流の小説において、たとえばブルワーやディケンズの作品からウランカナやエインズワースの作品に至るまで、ラテン語の単なる二語「クイ・ボノ」は「何の目的で」すなわち（まるでクオ・ボノであるかのように）「何のために」と訳されています。ですが、その本当の意味は「誰が得をするのか」なのです。クイとは「誰にとって」であり、ボノとは「利益か」です。それは純粋な法律用語で、まさに私たちが現在考慮しているような事件において適用可能です。事件における、誰が行為の実行者である可能性があるかという問題は、その行為を完遂することの利益がどの個人に生じる可能性があるか、が鍵になるのです。さて、現在の事例においては、「クイ・ボノ」という問いは、ペニフェザー氏が事件に関与していることを非常に明確に示します。彼の伯父は甥っ子のために遺言を書いてから、相続を取り消すぞと脅した。しかし、脅しだけで実行はされなかった。どうやら元々の遺言は書き換えられていなかった。もしも書き換えられていたのなら、容疑者が持ちうる推定可能な唯一の殺害動機は、復讐という普通の動機であったでしょう。ただこの動機さえ、伯父の機嫌を元通りにできる望みがあるので、打ち消されたはずです。一方、遺言を書き換えるという脅しは甥の頭の中で宙ぶらりんのままだったものの、事実は遺言が変更されていなかったのですから、当然、犯行に及んでもおかしくない非常に強い動機が浮かび上がります。そしてそのような結論にラトル町の立派な住人たちが至ったのは、実に賢明なことでした。

そんなわけで、ペニフェザー氏はその場で逮捕され、群衆はさらに捜索を行った後、容疑者を拘留して帰途につきました。しかし、その途中で、さらに容疑を決定づける一つの出来事がありました。グッドフェロー氏は熱心さのあまり常に捜索隊の少し先を行っていたのですが、突然、前へと数歩走っては身をかがめて、どうも草むらから何か小さな物体を拾い上げたように見えたのです。さらに、それを素早く調べて、自分のコートのポケットにちょっと隠そうと半端に試みる姿が見えました。私が言ったとおり、この行為は見とがめられ、未遂に終わりました。拾い上げられた物体はスパニッシュ・ナイフで、それがペニフェザー氏のものであると見て分かる人は十人以上いました。その上、ナイフの柄には彼のイニシャルが刻んであったのです。ナイフの刃は開いていて血がついていました。甥っ子の有罪は疑問の余地がなくなり、ラトルボローに着くやいなや尋問のために判事の前に連行されました。

ここでもまたとても不幸な展開になりました。この囚人は、シャトルワージーさんが行方不明になった朝はどこにいたのかと問われると、全く大胆不敵なことに、ちょうどその朝は鹿狩りにライフルを持って出かけ、後にグッドフェロー氏の機転のおかげで血染めのベストが発見されることになるあの池の、すぐ近くにいたと認めたのです。

するとグッドフェロー氏は進み出て、目に涙を浮かべながら、自分に聞いてくれと頼みました。同胞たちばかりか創造主に対する自分の厳格な義務感から、もう黙り続けていることは許されなくなったと言いました。これまでは、青年に対する誠実なる愛情から（グッドフェロー氏自身に対する青年の暴力にもかかわらず）、想像力の許すかぎり、あらゆる仮説を立てては、ペニフェザー氏の容疑を深める不利で深刻な状況を、なんとか説明しようとしてみたのです。しかし、これまでの状況はもうあまりに疑問の余地がない――もう地獄行きです。もうためらうことはないでしょう。知っていることは全てお話ししましょう、たとえ自分（グッドフェロー氏）の心臓が千々に裂けてしまおうとも。彼がさらに続けて言うには、シャトルワージーさんは、出かける前日の午後、甥っ子に向かって、彼が（グッドフェロー氏が）聞こえるところで、明日町に行く目的は農工銀行に大変な大金を預けるためであること、さらにはそのときその場で、件《くだん》のシャトルワージーさんは当該甥っ子に向かい、元々の遺言を取り消し、一シリングだけ与えて勘当するという揺るぎない決意を告げたのです。さて、彼（証言者）は被告に向かって、自分（証言者）が今述べたことは細部の細部に至るまで真実か否か、と厳《おごそ》かに問いました。その場にいた皆が驚いたことには、ペニフェザー氏は真実だとあっさり認めたのです。

そこで判事は当然の義務として、伯父の家にある被告の部屋を捜索するために二名の警官を派遣しました。捜索に行った警官は、あの老紳士が長年にわたって携行するのが習慣だった札入れ――それが留め金付きの小豆色の革製であることは皆に知られていました――を見つけてすぐに戻って来ました。しかし、財布の中身の大金は抜き取られていて、判事は囚人を問い詰めましたが、金の使いみちも金の隠し場所も聞き出すことはできませんでした。実際、彼はどちらも知らないと言い張ったのです。警官たちは他に、この哀れな男の布張りのベッドから、被害者の血で恐ろしく染まったシャツとハンカチを発見し、そのどちらにも男のイニシャルが記されていたのでした。

ちょうどこのタイミングで、殺害された男の馬が、負っていた怪我が悪化して馬屋で息絶えたとの知らせが届きました。グッドフェロー氏は直ちに死体を解剖することを提案しました。弾丸の発見の可能性を視野に入れてのことです。それに従って解剖は行われ、被告の有罪に疑問の余地をなくすかのごとくに、グッドフェロー氏は胸腔内をくまなく捜した後、とても大きなサイズの銃弾を見つけることができました。後の裁判で、その銃弾はペニフェザー氏のライフルの口径と正確に合致すること、一方、町とその近隣に住む誰の銃と比べても遥かに大きいことが判明しました。さらに、この銃弾には普通の線と比べて直角に傷か線が入っていることが分かって、事は確実になりました。調査してみると、被告人が自分のものだと認めている一対の金型に偶然できた突起あるいは隆起した部分と、この線が正確に一致していたのです。このような銃弾が発見されたので、判事はそれ以上の証言を聞くことを断り、直ちに囚人を裁判にかけました。判事は断固としてこの件で保釈金を受け取ることは拒否しましたが、それは厳しすぎるとグッドフェロー氏はとても柔和に異議を唱え、どんな額が必要になろうと保証人になると申し出ます。「気さくなチャーリー」の側のこのような寛大さは、彼がラトルの町で過ごした日々の間に示した友好的で忠節な振る舞いに一致するものでした。でもこの件では、あの立派な男はあまりに温かく同情しすぎて我を忘れてしまったようです。というのも、若い友人の保釈を申し出たとき、彼自身(グッドフェロー氏)がこの世のどこにも一ドルたりとも資産を持ち合わせていないことを全く忘れていたのですから。

勾留後に行き着く先はもはや明らかでした。町中の人に激しくののしられる中、ペニフェザー氏は次の裁判期間中に裁かれることとなり、一連の状況証拠（さらなる不利な事実で現在のとおり補強されたのは、グッドフェロー氏が敏感な良心ゆえにそれらを裁判所から隠しおおせなくなったおかげである）は崩しようもなくまったく決定的で、陪審員たちも席から離れることなく「第一級殺人により有罪」との評決を直ちに下しました。その後すぐに、みじめな悪党は死刑宣告を受け、法による容赦のない報復を待つ間、郡刑務所に再勾留されました。

一方、高潔な振る舞いゆえに「気さくなチャーリー・グッドフェローさん」を町の正直な人々たちは二倍も愛するようになりました。以前と比べて十倍のお気に入りの人物となったのです。親切にもてなされることの当然の結果として、これまで貧困ゆえにそうせざるを得なかった彼の極端な倹約習慣も、いわば否応なく、緩みました。それでとても頻繁に自宅でちょっとした懇親の集いを行うようになり、機知と陽気さで大いに満たされました——ただもちろん、寛大な主催者の親友であった故人の甥には、不運で憂鬱な運命が差し迫っており、時折それを思い出しては、少々湿っぽくなることもありましたが。

ある晴れた日、この高潔な老紳士は下記の手紙を受け取って嬉しい驚きを味わいました——

ラトルボロー
チャールズ・グッドフェロー様

Ｈ・Ｆ・Ｂ社
シャトー・マルゴーＡ―№１．―瓶六ダース（二分の一グロス）

チャールズ・グッドフェロー様

拝啓　二ヶ月ほど前、弊社のお得意様であられるバーナバス・シャトルワージー様から賜りましたご注文の通り、大箱入りカモシカ・ブランドでスミレ印のシャトー・マルゴーを、貴殿の住所に今朝お送りしました。箱には欄外の通り番号と商標があります。

敬具

貴殿の従順なる僕であり続ける［We remain, sir, Your most ob'nt ser'ts］
ホッグズ・フロッグズ・ボッグズ社［HOGGS, FROGS, BOGS & Co.］

ＸＸ市、１８ＸＸ年、６月21日

追伸――箱を貴殿にワゴンにてお届けするのは、貴殿がこの手紙を受け取られた翌日です。シャトルワージー様に敬意を表して。

Ｈ・Ｆ・Ｂ＆Co.

実のところ、グッドフェロー氏は、シャトルワージーさんがお亡くなりになってから、お約束だったシャトー・マルゴーを受け取ることはすっかり諦めていました。それゆえ彼は今、これを自分のための神様による特別なお計らいのようなものと見なしました。当然、彼は大いに歓喜し、あふれる喜びの中で、翌日のささやかな夕食会に多くの友人たちを招待し、懐かしきシャトルワージーさんの贈り物を開封することにしました。ただ招待状を出したとき、彼が「懐かしきシャトルワージーさん」について何か言及したわけではありません。事実として、彼は熟考の上、何も言わないことに決めたのです。もし私の記憶が正しければ、シャトー・マルゴーのプレゼントを受け取ったとは誰にも言いませんでした。二ヶ月前に注文した芳醇な香りの特上のワインが翌日に届くことになっているので、自分と一緒に飲むよう友人たちを誘ったにすぎません。どうして「気さくなチャーリー」は旧友がワインを送ってくれたと言わない決断をしたのか、私はあれこれ想像して困惑したものです。彼の沈黙の理由を正確に理解することは決してできませんでしたが、彼に何らかのすばらしく高潔な理由があったことに疑問の余地はありません。

　ついに翌日となり、グッドフェロー氏の家に大いに立派な人々が大変たくさんやってきました。実際、町の住人の半分はいましたし、私自身もその一人でしたが、主催者の気をもませたことには、シャトー・マルゴーは遅い時間になっても届かず、その頃にはもう客たちは「気さくなチャーリー」が提供した豪華な夕食を大いに楽しみ尽くしていました。しかし、とにかくそれは到着しました——怪物のように大きな箱の登場でもありました——そしてお客たちは皆、法外なほど上機嫌だったので、誰も反対することなく、テーブルへと箱を持ち上げ、ただちにその中身を取り出すことに決まりました。

言うが早いか実行されました。私も手伝いました。瞬く間に私たちは箱を持ち上げ、テーブル上に並んでいたボトルやグラスの真ん中に下ろしました。慌てていたので、多くのボトルやグラスが割れました。「気さくなチャーリー」はすっかり酔っ払い、顔は真っ赤です。テーブルの上座に席を取り、もったいぶった振る舞いで、テーブルをデカンタでけたたましく叩いて客人たちの注意を引き、「お宝を発掘する儀式の間」、静粛を求めました。

大騒ぎしていた人々はやがて完全に静まりかえり、そのような時にはよくあることですが、深淵で異常なほどの静寂が続きました。蓋を頑張って開けてくれと求められたので、もちろん私は「無上に喜んで」応じました。私がノミを差し込み、ハンマーで数度わずかに叩くと、箱の蓋が突然そして激しく吹き飛び、その瞬間、殺されたシャトルワージーさんの傷つき血まみれになって腐りかけた死体が飛び出し、主催者の真正面に座った格好になりました。しばし死体は、腐りかけてどんよりした眼で、じっとそして悲しみに満ちて、グッドフェロー氏の顔をまっすぐに凝視しました。そしてゆっくり、しかし、はっきりと印象深く言ったのです――「犯人はお前だ！」。するると、まるですっかり満足したかのように箱の脇に倒れ込むと、ぶるぶる震える肢体をテーブルの上に広げました。

その後の光景はまったく筆舌に尽くしがたいです。人々は恐ろしい勢いでドアや窓へと殺到し、部屋にいた最も屈強の男たちも極度の恐怖ですっかり気絶しました。最初の激しい恐怖の叫びの後に、全ての眼はグッドフェロー氏へと向けられました。つい先ほどまで勝利の美酒で赤くなっていた彼の顔が、死人のようになって死すべき運命以上の苦悩をたたえていたことを、私は千年生きるとしても決して忘れることはないでしょう。数分の間、大理石の像のように彼はじっと座っていました。その眼は激しく虚ろで、まるで自らの内面へと向けられ、惨めな殺人者である自分の魂について沈思黙考しているようでした。ついに、その眼をぱっと外の世界に向けたかのように見えると、素早く跳躍して椅子から飛び上がり、頭と肩からずしんとテーブルの上へと倒れ込みました。そして死体にくっついた状態のまま、現在ペニフェザー氏が逮捕されて死ぬ運命にあるあの恐ろしい犯罪について、早口かつ熱を込めて、細かな自白を吐き出したのです。

彼は実際、次のようなことを語りました――被害者を池の近くまで追って行った。そこで、被害者の馬をピストルで撃ち、乗り手を銃の台尻で殺害した。そして札入れを盗んだ。馬は死んだと思ったので、池の脇の茂みまで苦労して引きずっていった。シャトルワージー氏の死体は自分の馬の上につり上げ、森を通って遠くの安全な隠し場所まで運んだ。

ベストとナイフと札入れと銃弾は、発見された場所にあらかじめ自分で置いておいた。ペニフェザー氏に復讐をしようと思ってのことだ。血染めのハンカチとシャツも発見されるように自分が仕込んだ。

血も凍るような話が終わりに近づくと、罪深い男の言葉はとぎれとぎれで虚ろになりました。ついに陳述が尽くされると、彼は立ち上がり、テーブルから後ろによろけ、そして倒れて――死《ヽ》に《ヽ》ま《ヽ》し《ヽ》た。

どうやって効果的に、このようにうまいタイミングの自白が引き出されたのか、そのやりかたは、実に単純なものでした。以前から私はグッドフェロー氏があまりに正直なのでむかついていまして、その過剰な正直さゆえに私は最初から彼を疑っていました。かつてペニフェザー氏が彼を殴ったとき、私はその場にいたのです。そのとき一瞬ではありましたが、彼の顔に悪魔のような表情が浮かんだので、仕返しをするという彼の脅しは、可能ならば、しっかり実行されると確信しました。ですから、ラトルボローの善良な住民たちとはとても異なった視点で「気さくなチャーリー」の策略を見る準備ができていました。犯行に結びつく発見は、直接的であれ間接的であれ、すべて彼がもたらしていることに私はすぐ気づきました。しかし、私の目が事件の真実へとはっきり開かれたのは、グッドフェロー氏が馬の死体から発見した銃弾の一件のおかげです。馬の体には銃弾が入ったときの穴と、それが出て行った穴があったことを、町の住人たちは忘れていたようですが、私は忘れていませんでした。銃弾が出て行った後にそれが馬から発見されたのならば、それを発見した人物がそこに入れたに違いない、とはっきり分かりました。銃弾によって思いついた考えは、血染めのシャツとハンカチで確信となりました。なぜなら、その血を調べてみると、上質の赤ワインにすぎないことが判明したからです。これらに加えて、グッドフェロー氏が最近ますます勝手に振る舞い金遣いも増していることに思い至り、私は自分の内に秘めてはいましたがそれでも強い疑いを抱くようになりました。

　そうこうする間、私は一人でシャトルワージーさんの死体を懸命に捜しました。私にはちゃんとした理由があって、グッドフェロー氏が捜索隊を連れて行った場所から可能な限り逸脱した場所を捜したのです。その結果、数日の後、茂みでほとんど隠されていたところで、干上がった古井戸に行き当たり、その底に私は捜していたものを発見しました。

さて、グッドフェロー氏がシャトルワージーさんにごちそうになりながら巧みにおだてて、箱のシャトー・マルゴーを約束させたとき、私はたまたま二人の会話を立ち聞きしていました。これをヒントに私は行動したのです。硬い鯨の骨を手に入れ、それを死体の喉奥に突っ込んで、その後、死体を古いワインの箱に入れました——死体を慎重に二つ折りにして、中の鯨の骨も一緒に二つ折りになるようにしたのです。このような状態を保つため、蓋に強い圧力をかけて死体を押さえ込み、きちんと釘で打ち付けました。釘が抜かれるやいなや、蓋が吹き飛び死体が飛び出ることを、当然計算してのことです。

このような細工を箱に施すと、すでに述べたとおり、箱に番号と商標と送付先を記しました。そしてシャトルワージーさんと取引のあったワイン商社の名前で手紙を書き、私の使用人には、私が合図したら、その箱をグッドフェロー氏の家まで手押し車で運ぶよう命じました。死体にしゃべらせた言葉は、自信を持って腹話術という私の特技に賭けたのです。その効果については、あのみじめな殺人犯の良心に賭けたのです。

もう説明すべきことは何も残っていないと思います。ペニフェザー氏は直ちに釈放され、伯父の財産を相続し、経験の教訓を生かして、新しいページをめくり、その後は新しい人生を幸せに送りましたとさ。

第一章　挑発

　こうして物語の結末で、シャトルワージー殺しの謎は解かれたようにも見えます。町有数の金持ちが殺され、その親友グッドフェローが先頭に立って捜査を行う。すると、甥のペニフェザーに不利な証拠が次々見つかり、彼は逮捕される。しかし、今度は名無しの語り手が探偵の役を担って、実はグッドフェローこそが真犯人であり、ペニフェザーを罠にはめたと推理し、巧妙な仕掛けを用いて自供を引き出した——というのが表向きのあらすじです。

　もしもこの結末が事件の真相を正しく解き明かしているならば、ポーは再び推理小説の「限界」を破れない作品を書いたことになります。先述したとおり、謎めいた事件を作るのも解決するのも作家一人がこなすならば、どんなに鮮やかに事件の謎を解明して見せたとしても、そこには真の栄光はない、というのがポーの考えでした。はたしてこの作品でも、ポーは「一人二役ゲーム」に甘んじたのでしょうか。もしそうなら、これまで通り名探偵デュパンが事件を解決してもよかったはずですが、この作品にデュパンはいません。

その代わりに登場するのが、探偵役を果たす二人でした。まず、グッドフェローが捜査し、その捜査結果を語り手が否定して「真相」を暴く。それにしても、このように探偵の仕事を別の探偵が否定するという物語の構造は、その一歩先を容易に想像させはしないでしょうか。つまり、グッドフェローの捜査同様、語り手の推理（天才デュパンの推理ではない）もまた否定されてもおかしくない。そもそも、ペニフェザーを有罪としたグッドフェローの捜査は様々な証拠に基づいている一方で、語り手の推理を最終的に裏付けるのはグッドフェローの「自白」にすぎないのですから。

「いや、やはりペニフェザーは無実だ。ペニフェザーの有罪を示す証拠はグッドフェローの捏造だったのだから。ゆえに語り手の結論は正しい」という反論もありましょう。しかし、グッドフェローの「捏造」は、「自白」のなかで明かされたことです。もし自白の信用性がなければ、捏造の行為も事実とは言えません。実際、私はその自白自体が、実は自白ではなかったと思っています。

語り手は、グッドフェローが死の直前に「早口かつ熱を込めて」細かな自白をした、と言います。その自白によってペニフェザーは死刑を免れ、伯父の遺産を手にします。甥っ子の運命の急展開は、語り手が実に手間暇掛けて――シャトルワージーの死体を一人で見つけてきて、ワイン業者からの手紙を捏造して、ワインの大箱と鯨の骨を調達して死体のびっくり箱を作製し、特技の腹話術を使ってグッドフェローにショックを与えて（それも即死しない程度の絶妙の案配で）自白を引き出すことで――助けてくれたおかげです。このあと、自由の身となったペニフェザーは語り手の労をねぎらって、なんらかのお返し――当然それは遺産の一部でしょう――をしないとは考えられません。しかし、ペニフェザーが返礼するとしたら、果たしてそれは単に語り手が自分の「命の恩人」だったからでしょうか。それとも……。

私は、二人に富をもたらすことになったグッドフェローの「自白」にこそ、ポー渾身のトリックがある、と考えています。それを見破れるか否かの真剣勝負をポーは読者に挑んでいる、と断言してもかまいません。後に「自白」のからくりを詳しく検討しますが、まずは物語の冒頭の一文に再び戻ってみることから始めましょう。もうその時点で、ポーは読者に軽いジャブを繰り出して読者を煽っていたようなのです。

オイディプス

開口一番、語り手は自分を「オイディプス」になぞらえています。ギリシャ神話のオイディプスは、スフィンクスの謎かけ――「朝は四本足、昼は二本足、夜は三本足。これはなんのことか?」――に対して「それは人間である。赤ん坊の時は四つん這い、大人になると二本足で歩き、老人になると杖を突いて三本足になる」と答えた人物として知られています。怪物が人間に出した問題に対し、出すべき答えが「人間」である、というところがミソで、自分自身のことを問われたときにそれを自分のことだと認識できるかどうか、つまり自意識が洗練されているか否かが問題になっていた、とされています。謎解きに失敗して怪物に食べられた人々は、どんなに頭脳明断でも自分自身については盲目だった。対照的に、オイディプスは自己を認識する一段高い視点を持っていた。しかし、これには続きがあって、オイディプスがテーバイの王になると、再び彼は自己認識の問題に直面することになります。テーバイでは前の王ライオスが何者かに殺されていました。オイディプスは周囲の反対を押し切ってその謎に挑みます。いわば探偵役を担うわけです。結局、かつて自分が旅の途中で殴り殺した老人が先王ライオスであったことを悟ります。その上、ライオスは自分の実父だと判明するので、オイディプスは自分自身が父殺しの犯人（かつ父の妻、すなわち実母を自分の妃とした近親相姦者）であった、という皮肉な答えに到達したことになります。このような経緯から、私たちはオイディプスを探偵と犯人の一致の権化とみなしていいわけです。あるいは、謎の出題者と解答者という観点からみれば、オイディプスは自分が謎に対する「解答者」だと思い込んでいたのですが、実は自分自身が問題の根源、いわば「出題者」――スフィンクスのような謎を出す怪物（父殺し犯かつ近親相姦者という人間あらざる存在）――であった、ということでもあります。

そんなオイディプスに、ポーは作品冒頭で語り手をして言及させているのです。まずは語り手もオイディプスのように、謎の「解答者」として登場しています。「ラトルボローの……秘密を皆さんに説明できるのは私しかいない」と誇ります。しかし、その裏ではやはりオイディプス同様、彼自身がまるごと「問題」なのではないでしょうか。つまり、語り手はこの物語で「真犯人」を提示する探偵役を演じますが、同時に彼自身が殺人犯なのであり、解かれるべき謎を一身に体現しているのかもしれない。ポーは冒頭からそのようにほのめかすことで、いきなり読者を謎解きへと誘っているようにも見えます。

いいえ、冒頭よりさらに前、物語のタイトル「犯人はお前だ」からして、すでに意味深です。「犯人はお前だ」という台詞は、定説では旧約聖書からの言葉（サムエル記下十二章七節においてダビデ王に向けられた預言者ナタンの言葉）だと理解されていますが、ある批評家は、それもまたオイディプスへの言及であることを指摘しています。[*4] ソフォクレスの「オイディプス王」の序盤では、ライオス殺しの謎を究明しようとするオイディプスに対して、予言者のテイレシアスが待ったを掛けます。事件の真相が暴かれるとオイディプスの身が破滅することを、すでにテイレシアスは見通していたからです。しかし、テイレシアスは自身に嫌疑が掛けられる段になって、真相を言わざるを得なくなります。そこで、オイディプスに対して放った台詞が、「犯人はお前だ」なのです。したがってこのタイトル自体も、探偵役を担う者こそが犯人である、という「答え」を匂わせているともいえます。

しかし、探偵と犯人の一致は、一義的にはグッドフェローにも当てはまります。彼は人々を率いて事件を捜査しましたが、結局、犯行を「自白」したのでした。さきほどの批評家ですら、グッドフェローこそがオイディプス的な人物であると見なし、語り手の方を疑うことはありません。

私は、ここにポーの典型的なだましの手口があると思っています。松本清張は『ゼロの焦点』で、ある男を殺したのが男の内縁の妻であるかのように読者を誘導します。しかし、小説にはその妻とそっくりな過去を持ったもう一人の女がいて、そちらが真犯人なのでした。「犯人はお前だ」でも、オイディプス的人物と見なせる人物が実は二人いて、読者はグッドフェローという間違った「オイディプス」へと誘導されているのだと思います。真のオイディプス的人物は語り手であって、その真実をポーは冒頭から丸見えの形でさらしているのですが――「あのオイディプスよろしく、私はこれからラトルボローの町の謎を解いていきましょう」――最初から見えているものが謎の答えだとは誰も思わないわけです。ちょうど「盗まれた手紙」で、隠されているはずの手紙が無造作にさらされていたので、かえって警察が見つけられなかったように。

なぜか真相を知らぬ村人たち

物語の第一段落では、もう一つ重要なことが語られていました。語り手の言う「ラトルボローの奇跡」の具体的な内容を、私たち（物語を読み終えた読者）はもう知っています。奇跡とは、シャトルワージーの死体が復活して、自分を殺した男に向かって「犯人はお前だ」と叫んだことです。グッドフェローのパーティーに集まってその「奇跡」を目撃した人々は神を信じるようになった、と語り手はからかい、自分が工作して演じきった「奇跡」を自慢します――「あの本当の、明白な、誰も疑わない、疑問の余地のない奇跡を見たラトルボローの住人たちは、不信心をきっぱり止めました」。

だとすると、ここから分かるのは、人々が未だにシャトルワージーの復活を信じている、ということです。つまり、この語り手は事件が一件落着してペニフェザーが解放された後になっても、まだ自分の果たした役割――死体の復活をでっち上げて、「真犯人」に自白させ、ペニフェザーを助けたこと――を、隠し通しているわけです。それゆえ、人々は死体が一時復活して正義をもたらした、とまだ「奇跡」を信じつづけている。この語り手は、町の人々に真相を語って自分の頭の良さを自慢するよりも、彼らを騙しきることを優先させた人物なのです。

では、どんなとき人はそのように強い自制心を持つのでしょうか。どんなとき、自分が殺人事件を解決したヒーローであることを黙っていられる、あるいは、むしろ黙っていたいと思うのでしょうか。

「これはめずらしいことではない。なぜなら、スーパーヒーローもまた黙っているのだから。スーパーマンもスパイダーマンも、彼らは事件解決の手柄を黙っている。この語り手もそんなスーパーヒーローと同様なのだ」との答えもあるでしょう。では、スーパーヒーローが沈黙を守る理由は何でしょうか。それは、クラーク・ケントもピーター・パーカーも自分の正体を隠しておきたいからです。身バレしたくない。ならば同様に、この語り手も手柄を自慢するより「正体を隠す」ことを優先させている、ということでしょう。では、なぜ隠す必要があるのでしょうか。

世の中で沈黙を守っているのはスーパーヒーローだけではありません。全く逆に、犯罪者もまた懸命に口を閉じている存在です。

ポーはこの作品を発表する前年、「厳格な科学としての詐欺の技」という短編でこう述べています――


本当の詐欺師は最後にニヤリと笑うだけなのである。彼自身以外の誰もその笑みを見ることはない。……夜中に自分の小さな部屋で、ただ個人的な楽しみだけのためにほくそ笑むのだ。［871］

詐欺師は自分の成功を黙っていられる、とポーは言います。たしかに、警官に化けて三億円をだまし取って逃げおおせた、と犯人が自慢したら身の破滅を招いてしまいます。完全犯罪を成し遂げた者は、その成功を世間に喧伝して賞賛を味わうことはできず、ただひっそりと喜びをかみしめるしかありません。

さて語り手は、ヒーロー（探偵役）なのでしょうか、アンチヒーロー（犯人役）なのでしょうか。どちらであれ確かなことは、彼には「正体を隠す」強い動機があった、ということです。ならば一体、なぜ語り手は自分の正体を隠さねばならないのか。ポーはこの問題を、真っ先に物語の最初の段落で、奇跡を読者に明かせるのは自分しかいない、と語り手に言わせることで、提示していたのでしょう。

私たちは、このように怪しい語り手を相手にしているのです。語り手が「奇跡を語るにしては私の口調が陽気すぎて申し訳ないのですが」と言い訳するのもさらに怪しいです。彼は喜びに満ちていますが、同時に、自分の正体を隠し通さねばならない。彼の唐突な言い訳の裏には、そんな葛藤があるのでしょう。では、彼が喜びを人々から隠して私たちにだけ見せている理由は、事件をこっそり解決したからなのか、それとも全く逆に、最高の詐欺師あるいは完全犯罪者として事件の真相を隠しきったからなのか、どちらなのでしょうか。

そんな疑問で私たちを煽りながら、語り手は危険なゲームを始めるのです。

検討されない前提

さて、この語り手は探偵なのか犯人なのか。この問いは、実はこの作品の批評史上の評価とも深く関わることになります。これまで批評家たちは、「犯人はお前だ」をデュパンものよりも低く見ていました。まっとうな推理作品ではなく、その喜劇的なパロディーである、という見方です。探偵役の語り手が、腹話術を使ったり、自白を引き出す手段として被害者の死体を用いたりと、たしかにふざけている感もあります。なにより、この作品の欠点とされるのは、語り手が実に不誠実である点です。彼は過去の事件を振り返って語っているので、すでにグッドフェローが「真犯人」であることを知っているはずなのですが、にもかかわらず、物語の前半部分では、チャーリー・グッドフェローの善良性を重ねて強調しています。「チャールズという名の人物なら誰でも、寛大で、勇ましく、正直で、温厚で、心が広くて……」と饒舌に語っていました。グッドフェローがペニフェザーを弁護すると同時に追い込んでいく（ようにみえる）場面でも、語り手はグッドフェローの肩を持ち「心の温かい人々というのは口べたなもので、必死に友人の助けになろうと慌てているときなどは、つっかえたり、食い違ったり、言い間違えたりするものです」と「真犯人」の人柄の良さを（少なくとも表向きには）続けて主張していました。これは全く語り手として不誠実であって、けしからんことだ、と多くの批評家が不満に思ったわけです。

しかし、この作品に対する低い評価には、一つの前提が必要であることを彼らは問題にしていません。問われることのないその前提とは、「語り手が探偵役を果たしている」というものです。彼らはその点をまったく疑わない。だから、この作品が出来損ないの探偵小説に見えてしまう。

たしかに、もしも語り手が探偵ならば、彼の語りは実にアンフェアなので、読者としてもこの作品を探偵小説としてはまともに取り合えなくなるでしょう。しかし、そのように作品を責める前に、まずは自分たちの前提を疑ってみてもよいのではないでしょうか。もしもその前提がまるで間違っていたら、つまり、この語り手が探偵ではなく犯人だとしたら、必然的にこの作品の評価も大きく変わるはずです。

これから詳しく議論していくとおり、この作品は、語り手が周囲の登場人物たちだけでなく読者をも見事に騙しきることを目指した完全犯罪の物語だ、と私は思っています。語り手が探偵なのか犯人なのかという問題は、一見突飛なだけの問題設定のようでいて、作品自体のみならずポーの推理小説家としての才能に対する評価にとって、とても大切な問いなのです。そう問うことで、簡単に言えば、彼らが思うよりもっとポーは天才だった、ということが後に明らかになるでしょう。

二つのイタリクス

この作品を初めて読んだとき、私は語り手がオイディプスや自身の軽い口調に言及していることに多少の疑問を感じながらも、まさか犯人だと思うことはなく読み進めていきました。「なにかがおかしい」と感じ始めたのは、物語が終盤にさしかかってからです。ちょうど、グッドフェローが犯人であることが明かされ始めたところです。

実に奇妙なことなのですが、語り手が「グッドフェローが怪しい」と目覚めた（とされる）瞬間と、私が「語り手が怪しい」と思った瞬間は、見事に重なっているのです。これは単なる偶然の一致だったのでしょうか。

さて、その瞬間とは、次の部分です。語り手は言います——

> 私の目が事件の真実へとはっきり開かれたのは、グッドフェロー氏が馬の死体から発見した銃弾の一件のおかげです。馬の体には銃弾が入ったときの穴と、それが出て行った穴があったことを、町の住人たちは忘れていたようですが、私は忘れていませんでした。銃弾が出て行った後にそれが馬から発見されたのならば、それを発見した人物がそこに入れたに違いない、とはっきり分かりました。

ここで語り手は自分の記憶力を自慢しています。人々が忘れてしまったことを自分はよく覚えている、と言うのですが、このとき私も同時に、別の、でも似通っている出来事を思い出したのでした。

つまり、何かが入って何かが出て行った場面がもう一つあったように思ったのです。そこでページを繰って戻ってみると、やはりありました。物語が始まって間もなく、グッドフェローとシャトルワージーの友情が述べられている箇所です。ここです。

> 気さくなチャーリーが好んで飲んだのがシャトー・マルゴーで、一クォートまた一クォー

トとがぶ飲みする姿をシャトルワージーさんも目にして、友人に心から満足しているようでした。その結果、ある日、ワインが入って知性が、当然の結果として、どこかに出て行った時間帯に、彼は友人の背中をたたきながら言ったのです。「チャーリーさん、どうみてもあなたほど抜群に飲みっぷりの良い男に、私はこれまでの人生でお目にかかったことがないですよ。こんな具合にワインをがぶ飲みするのがお好きなあなたに、シャトー・マルゴーを大きな箱ごとプレゼントしなかったら、神様が私を腐らせちゃいますよ」

「入って」と「出て」の部分に相当する英語の in と out は原文でも斜字体（イタリクス）で強調されています。「ワインが入って知性が、当然の結果として、どこかに出て行った」という奇異な表現が私の小さい脳ミソのどこかに引っかかっていたのでしょう、この箇所のことを、語り手が「馬の体には銃弾が入ったときの穴と、それが出て行った穴があった」と言ったときに思い出したのです。

この二つの箇所は、似通った表現を傍点（英語では斜字体）で強調しながら、似通った現象――何かが入って出て行く――を描写しています。ポーはこの二つを平行関係にしているのではないか。結末で語られる銃弾の挿話は、事件の真相を語り手が推理する上で、決定的な手がかりになったとされている。だとすれば、ワインの挿話もまた同様に、ある決定的な手がかりなのではないか。私はそう考えました。

ワインの話もなんらかの「真相」を開示するのだとすれば、それは何でしょうか。

その問いに答えるための手がかりも、平行関係にある他方の挿話にあるはずです。銃弾の「真相」を語ったときの語り手の推理は、「馬の体に入って出ていった銃弾は発見されるはずがない、だからあり得ないものを発見したと主張する者が、それをでっち上げたに違いない」という主旨のものでした。ならば、これと同じ推理がワインの一件にも当てはまるのではないでしょうか。つまり、ワインが入って知性が出て行く間に存在したとされる出来事もまた、でっち上げにすぎないのではないでしょうか。

幻のワインの会話

では、その in と out の中間の時間帯には、何があったとされたのか。そこにはこの物語にとって非常に重要な出来事があったのでした。シャトルワージーがグッドフェローにワインの大箱をプレゼントする、と約束していたのです――

今日の午後すぐにでも、入手可能な最上の大箱一つを町に注文しなきゃね。……待ってて下さいね。プレゼントがお手元に届きますよ、ある晴れた日にね、全く思いがけないときに届きますから！

シャトルワージーのこの言葉は、語り手の計画にとって欠くべからざるものでした。この約束がなければ、後に語り手はシャトルワージーの死体をワインの箱に詰めてグッドフェローを驚かせ「自白」を引き出すこともできなかったはずです。つまり、語り手が事件を解決するための策略は、シャトルワージーのこの言葉の上に成り立っているのです。

このように重要なワインを巡る二人の会話が、もしもあの銃弾同様にでっち上げだったとしたらどうなるでしょう。語り手自身の論理に従えば、でっち上げた本人が真犯人だ、ということになります。幻の銃弾を発見したグッドフェローが犯人だとするなら、同じ理屈で、幻の会話を聞いたと主張する語り手が真犯人である可能性が浮かび上がってきます。

事実、ワインを送ると約束したシャトルワージーの言葉自体も、物語の実際の展開とは食い違いをみせており、それが矛盾を含んだ作り話であることを示唆していると思います。

もともとシャトルワージーは「今日の午後すぐにでも」注文すると言ったことになっていて、約束の速やかな実行が強調されていました。ところが、それから二ヶ月――後に語り手がワイン業者を装って書いた手紙には、「二ヶ月ほど前、弊社のお得意様であられるバーナバス・シャトルワージー様から賜りましたご注文」とあります――そろそろ本当に約束のワインが届いていい頃になっても、まだグッドフェローはワインを受け取っていません。彼が受け取ったのは箱に入った死体であり、ワインではなかったことを忘れてはなりません。結局、ワインはいつまで経っても未着なのですから、元々のシャトルワージーの約束が語り手のでっち上げだったと考えても、矛盾はないのです。事件の後日譚として、「主《あるじ》をなくしたグッドフェローの邸宅にひっそりワインが届けられた」との記述でもあれば、語り手を信用してもいいでしょう。しかし、本当にワインが届いたか否かが物語の中で明確にされることはありません。それは、その問題が単に枝葉末節だったからなのでしょうか。

また、このワインを巡る会話を持ち出した理由を、語り手はこう説明していました——

私がシャトルワージーさんのこのようなちょっとした気前のよさを紹介したのは、仲良しなお二人の間にどれほど深い相互理解があったかを、単にお見せしたかったからなのです。

語り手のこの言葉は真実ではあり得ません。語り手の主張するシャトルワージーの「気前のよさ」が、ワインが未着であるという事実と矛盾するだけではありません。語り手が私たちに見せたかったという二人の間の「深い相互理解」も、物語の展開と完全に食い違っています。実際に二人の間にあったのは、結末で明かされるとおり「殺人者と被害者」という関係でした。それは控えめに言っても、深い相互理解で結ばれた関係とはほど遠いものでしょう。

幻の銃弾と幻の会話の間には、もう一つの共通点があります。それは、その情報が町の人たちと全く共有されていない、という点です。

シャトルワージーの約束を知っているのが語り手だけであることは、あり得ることかもしれません。語り手は偶然シャトルワージー宅にお邪魔していたのでしょう。そしてその会話を人々に吹聴する必要もなかったでしょう。しかし、幻の銃弾をグッドフェローが見つけてペニフェザーの犯行の証拠とされたとき、語り手はなぜ黙っていたのでしょうか。グッドフェローがあり得ない発見をしたと人々に教えて「真犯人」をあぶり出すことを語り手はしませんでした。これは奇妙なことです。

　私たちが認めていいのは「銃弾を発見したのはグッドフェローだ」という事実だけでしょう。実際、その銃弾は弾道学を用いて調べられ、ペニフェザーの銃のものだと判明しました。これは事実です。しかし、「銃弾が出て行った後にそれが馬から発見されたのならば、それを発見した人物がそこに入れたに違いない」という語り手の推理は盤石ではありません。発見した人物はグッドフェローで間違いないにしても、馬の体に銃弾を仕込んだ人物は、別にいるかもしれません。後に議論するとおり、実際にグッドフェローは非常に鋭い人物なのです。ですから、グッドフェローが馬の解剖を提案することは怪しいことではありませんし、予測可能なことでもあったでしょう。私は誰か別の人物つまり語り手が銃弾を馬に仕込んで、それをグッドフェローに発見させたのだと思います（なぜ語り手がグッドフェローに探偵役を果たしてもらわねばならなかったのか、その理由は後で詳しく検討します）。いずれにしても、グッドフェローには「銃弾を仕込んだのは自分ではない」と弁明する機会はありませんでした。幻の銃弾が発見されたとき、「怪しいのはペニフェザーではなくグッドフェローだ」と語り手が声を上げなかったからです。語り手のこの不自然な沈黙は、ワインの会話を誰にも言わなかったことと併せて、幻の銃弾と幻の会話の平行関係を強めるものでしょう。

謎の出題

ワインの会話を巡る語り手の怪しい沈黙は、物語上では、ひっくり返されて提示されることになります――「なぜグッドフェローはワインの送り主について黙っていたのか」とポーは語り手に問わせるのです。
読者に向けて実に直接的に発せられたこの問いは、幻のワインの会話と併せて考えれば解くことができると思います。
語り手はワイン業者を装って手紙をグッドフェローに送りました。それを受け取ったグッドフェローは、すぐに夕食会への招待状を人々に送りました。しかし、そこにシャトルワージーの名前がなかったことを、語り手は一つの不思議な沈黙として私たちに提示しています。

事実として、彼は熟考の上、何も言わないことに決めたのです。……どうして「気さくなチャーリー」は旧友がワインを送ってくれたと言わない決断をしたのか、私はあれこれ想像して困惑したものです。彼の沈黙の理由を正確に理解することは決してできませんでしたが、彼に何らかのすばらしく高潔な理由があったことに疑問の余地はありません。

なぜグッドフェローは沈黙していたのか。私たちはその答えを殺人者の一般的な性向に帰してはいけません。たしかに殺人者は被害者の話題を避けようとするものでしょう。しかし、この時点で――語り手がワイン業者の手紙を捏造してグッドフェローに夕食会を開かせるという計画を立てた時点で――語り手はグッドフェローが犯人だと確信していたはずです。ですから、語り手は「アイツは真犯人だから被害者の名前に触れなかったのだ」と簡単に想像できたでしょう。しかし、語り手はなお「あれこれ想像して」も理解できなかった、と私たちに謎かけをしているのです。

一つの手がかりは、語り手の謎かけが私たち読者に対してだけなされている、という点です。語り手はこの謎を直接グッドフェローに問いかけることも、あるいは村人たちと議論することもありません。ただ読者に対してだけ問うているのです。

これは読者に対する大いなる挑発でしょう。語り手は単にグッドフェローの沈黙を不思議がっているわけではありません。その裏には間違いなく理由があるのだと断言しています。なぜグッドフェローはワインの送り主がシャトルワージーであることを黙っていたのか、その謎を解けるものなら解いてみろ、答えは必ずあるぞ、私は口が裂けてもその答えは言えないが、と。このような大胆な挑戦を――おそらくポーの言う詐欺師の「ほくそ笑み」を浮かべながら――語り手は私たちに叩きつけてきているのです。

しかし、もはや答えは明らかでしょう。

グッドフェローがシャトルワージーについて沈黙していたのは、シャトルワージーがワインの送り主であるということをグッドフェローが知らなかったからに違いありません。

語り手の謎かけは、同時に、私たちの先ほどの推論を支える手がかりとして、ポーが私たちに与えてくれたもののように思われます。すでに私たちは、in と out に注目して、ワインをグッドフェローにプレゼントするというシャトルワージーの約束が、語り手の捏造かもしれないと考えました。この推理が正しかったということではないでしょうか。語り手が立ち聞きしたというシャトルワージーとグッドフェローのワインを巡る会話は、現実には存在しなかった。だから、語り手はワイン業者のフリをして手紙を書いたとき、シャトルワージーの約束に触れることはできなかった。つまり、あのワイン業者の手紙の文言――「二ヶ月ほど前、弊社のお得意様であられるバーナバス・シャトルワージー様から賜りましたご注文の通り、大箱入りカモシカ・ブランドでスミレ印のシャトー・マルゴーを、貴殿の住所に今朝お送りしました」――のうち、前半部分はグッドフェローが読んだ手紙に書かれていなかったに違いない。だからグッドフェローはワインの送り主がシャトルワージーであるとは知るよしもなかった。ゆえに、招待状でシャトルワージーに触れることもなかった。これが答えなのだと思います。

たしかにこの答えを語り手が口にできるはずがありません。しかし同時に、語り手はこれが事実であることを知っているので「何らかのすばらしく高潔な理由があったことに疑問の余地はありません」とまで断言できたのでしょう。

手紙の日付と署名

さて、言い換えれば、「二ヶ月ほど前、弊社のお得意様であられるバーナバス・シャトルワージー様から賜りましたご注文の通り」の部分を読んだのは私たち読者だけだった、ということになります。

このことは、語り手が捏造したワイン業者からの手紙には二つの目的があったことを意味しています。一つはもちろん語り手がグッドフェローをだますため。もう一つはポーが読者と知的勝負をするためです。だから、読者だけが読んでいる部分が含まれている。つまり、あの手紙はグッドフェロー宛てでありながらも読者宛てでもあった、ということです。

実際、あの手紙には、読者にしか意味をなさない情報が書かれていました。それはあの手紙の日付――18XX年、6月21日――です。

この日付は物語内の登場人物たちにとって任意の一日にすぎないものです。しかし、私の研究室の単雪琪さんによると、それはデュパンものの第二作である「マリー・ロジェの謎」への密かな言及のようです。*5 現実の事件に基づいたその作品では、被害者の女性が殺されたのは6月22日の出来事とされています。執筆を始めた時点では未解決だったその事件を解決すべく、ポーはその作品を書いたのでした。

さて、グッドフェローはその手紙を受け取った翌日に夕食会を開き、そこで死んでいます。厳密に言えば、6月21日は語り手が手紙を書いた日であって、グッドフェローが手紙を受け取った日ではないかもしれませんが、少なくともこの手紙はそのワイン業者があるとされるXX市から出されたのではなく、語り手とグッドフェローが住むラトルボローという小さな町（住民の半分が夕食会に出席したとされているので、かなり小さい町です）から送られたものです。そんな事情からか、どうやら手紙はその日のうちに届いたようです。というのも、手紙は即日届くという前提を、グッドフェローが出した招待状からも推定できるからです。翌日にワインが届くと信じたグッドフェローは、同じ日に夕食会を開くべく、招待状を送ったのでした。そして実際、多くの人が集まりました。ならば、彼らは招待状を直ちに受け取った――グッドフェローが「ワイン業者」からの手紙を受け取り、その日のうちに招待状を出し、人々もその日のうちに翌日開催の夕食会を知った――と考えてよいでしょう。いずれにしても、第一の手紙が届いた翌日にグッドフェローは死んでいるので、物語的には彼の死は手紙の日付の翌日、すなわち6月22日と結びつけられていると言っていいはずです。

では、なぜポーはこの日付を選ぶことで、グッドフェローの死とマリー・ロジェの死を重ね合わせたのか。それは、マリーの死が未解決の「謎（ミステリー）」であるのと同様に、グッドフェローの死もまた未解決殺人事件であることを読者にほのめかすためだったのではないでしょうか。

そしてその謎を解くために必要な情報――そもそも全体がでっち上げであるワイン業者の手紙の中に、さらに読者のみを対象にしてでっち上げた情報（シャトルワージーが送り主であるというグッドフェローが知り得ない情報）――を、ポーは混ぜ合わせた。このようにこの手紙が、語り手がグッドフェローに宛てたのと同時に、ポーが読者に宛てたものであるからこそ、その末尾にある署名もまた、ポーの名前を隠しているように見えるのでしょう。

そこには「貴殿の従順なる僕であり続ける［We remain, sir, Your most ob'nt ser'ts］」と記されていました。単さんの別の論文によると、アポストロフィーで省略されている部分を補えばobedient servantsと読むことができます[*6]。省略された部分を抜き出せば、edie vanとなります。オランダ語のvanが英語ではfromを意味することは、たとえば作曲家のルートヴィヒ・ヴァン・ベートーベン（Ludwig van Beethoven）、画家のヴィンセント・ヴァン・ゴッホ（Vincent van Gogh）、あるいはロック・ギタリストのエドワード・ヴァン・ヘイレン（Edward Van Halen）らの名前からして欧米人には常識と言えます。そしてEdieは、エドガー・ポーの愛称です。つまり、あの手紙の署名は「エディーより」と読める部分が省略されていることが推測できるように書かれていたわけです。まさにポーの名前が、発見されるべき「隠された文字（レター）」であったのです。ですからあの手紙は、著者のエディー（エドガー）から読者に向けて密かに書かれてもいた、と言えるわけです。このように凝ったやり方で、ポーは私たちに対して、グッドフェローの死が未解決殺人事件だと気づくかどうか、チャレンジしているのだと思います。

第二章　矛盾

それでもまだ真犯人がグッドフェローであると信じて揺るがない人がいるかもしれません。予想される反論はこのようなものでしょう――

グッドフェローは怪しい行動を繰り返していたではないか。そもそもシャトルワージーが行方不明になった直後、グッドフェローは捜索することに消極的だった。これはグッドフェローが殺人犯であることを示唆している。彼は犯行の発覚を遅らせたかったのだ。また、捜索が始まってからも、全員が一緒に捜索するという実に非効率的な方法を提案していたし、結局死体を見つけられなかったではないか。だからこそ、語り手はグッドフェローの捜さなかった場所を集中的に捜すことで、死体を見つけることができたのだ。その上グッドフェローには復讐という動機もある、と。

これらの反論は、もちろん全てポー自身が予想していたものでした。というのも、グッドフェロー犯人説を以上の論点全てにおいて否定できるように、ポーは非常に丁寧に物語の細部を描写し、かつ全体の論理を構成しているからです。

捜索を渋るグッドフェロー

まずは事件発生直後にグッドフェローが捜索開始を渋っていた点です。語り手は物語が始まってすぐ、第三段落で「捜索を始めるに際して、一番前向きで意欲的だったのは、シャトルワージーさんの親友、チャールズ・グッドフェローという方で……」と言ってはいるのですが、しかし、ポーとしてはそれではダメだったのです。グッドフェロー犯人説をきちんと否定するためには、まずはグッドフェローが捜索したがらなかったことを明確にする必要がありました。ここはややこしいですが大事なところです。グッドフェローが犯人ではないことの重要な証拠が、捜索に積極的だったことではなくて、逆に捜索に消極的であったことなのです。これは私たちの直感に反することですが、もしもグッドフェローが犯人ならば捜索に積極的であるはずです。その理屈をたどっていきましょう。

まずポーはグッドフェローが捜索したがらなかったことを明示せねばなりませんでした。シャトルワージーが行方不明になった直後、語り手はグッドフェローの意気消沈ぶりを次のように描写しています――

　当初、彼はあまりに悲しみにうちひしがれて何をすることもできず、どう行動すべきか決められずにいました。そんなわけで、シャトルワージーさんの他の友人たちもこの件で大騒ぎすることがないように、彼は長々と頑張って説得していました。最善の策はしばらく待つことだ――たとえば一、二週間か一、二ヶ月――そうすれば何か見つかるかもしれないし、シャトルワージーさんが普通に戻ってきて、馬だけを送り返した理由を説明するだろう、彼はそう考えていました。

最大二ヶ月も捜索しないでただひたすら待つ、というグッドフェローの提案は、非常に奇異なものです。読者はグッドフェローには何か怪しいところがある、と思い始めるかもしれません。しかし、彼の極端な無気力状態は、ポーにとっては、この物語を水も漏らさぬ構成にするために絶対に必要不可欠な要素でした。

何気なく読めば、捜査に消極的なグッドフェローの姿勢は、彼が殺人犯であることを傍証しているように見えるかもしれません。しかし、本当にそうでしょうか。

この物語の結末を思い出して下さい。語り手の結論では、グッドフェローは自分の代わりにペニフェザーを殺人犯に仕立て上げようとしたのでした。ペニフェザーはシャトルワージーを財産目当てに殺害した欲深い甥っ子である、という筋書きをグッドフェローが描こうとしていた、ということです。

しかし、もしそのような計画をグッドフェローが持っていたのなら、なぜ捜索に反対したのでしょうか。誰かを殺人犯に仕立て上げようとするなら、当たり前のことですが、殺人事件が必要なのです。事件がなければ、犯人もいない。だから、誰かを殺人犯にみせかけるには、まず殺人事件を作らねばならない。つまり、もしもグッドフェローが真犯人で、ペニフェザーに濡れ衣を着せたいのならば、むしろグッドフェローは事件を成立させるためにシャトルワージーの死体の捜索に積極的でなければならなかったことになります。しかし彼は逆に消極的だった。

ポーは語り手のこの論理矛盾を明確にする必要があったので、「一、二ヶ月」様子を見るという実に極端な形で、グッドフェローの消極性を描いたのでしょう。こうして早々にポーは語り手の穴をさらし、グッドフェローが真犯人でないことを示していたのです。

では、捜索に積極的だったのは誰でしょうか。それはペニフェザーでした。

当初、町の住人たちはグッドフェローに従って「何もしないでいるつもり」になっていました。しかし、ペニフェザーが強硬に反対します。そして住人たちは「ペニフェザー氏に説得されて……近隣一帯に分散して行方不明のシャトルワージーさんを捜そうとついに決断した」のでした。

このように、ほとんど焦っているかのように殺人事件を成立させたがっていたのはペニフェザーでした。捜索に前のめりになっている彼の姿は、行方不明になった伯父に対する甥っ子の愛情がほとばしり出ているかのようにも見えるのですが、先ほどの理屈によれば、怪しいのはペニフェザーの方であることが分かります。

そのように理解できると、捜索の実施が決まってから、グッドフェローが一見非常に非効率な方法――住民が一団となって捜索する――を提案したことも、彼が犯人であることを示してはいないことが分かります。物語の理屈にとって、グッドフェローの提案は、殺害現場になるべく早くたどり着きたいペニフェザーが提案した「地域一帯をくまなく捜索するために、いくつものグループに分かれ」て捜すという方法と、対比的にするために必要だったのでしょう。また、それには別の理由もあったはずですが、それは後に述べることにします。

ここでは「殺人の濡れ衣を着せられる人物《スケープゴート》を作るには、まずは殺人事件が必要である」という理屈を使って、もう一つ大切なことを明らかにしたいと思います。

結局、シャトルワージーの死体を発見できたのは、住民の捜索隊ではなくて、語り手だったのでした。では、そもそも語り手はどうやって死体を一人で発見できたのでしょうか。結末近くで彼はその理由を次のように説明しています。

> 私は一人でシャトルワージーさんの死体を懸命に捜しました。私にはちゃんとした理由があって、グッドフェロー氏が捜索隊を連れて行った場所から可能な限り逸脱した場所を捜したのです。

いわば消去法で捜索箇所を絞り込めたので死体を発見できたと語り手は言っています。その方法が拠《よ》って立つのは「グッドフェローは真犯人なので、事件が発覚しないように捜索隊を殺害現場から遠ざけておくはずだ」という暗黙の前提ですが、これが成り立たないことは先ほど述べたとおりです。語り手が結論したようにグッドフェローが真犯人でペニフェザーをスケープゴートにしたかったのなら、まずはシャトルワージー殺しを成立させるために捜索隊をむしろ現場へ導かねばならなかった。このような、語り手自身の結論が要請するロジックを度外視して、自分だけがシャトルワージーの死体を発見できた理由を説明してしまっています。この矛盾はたいへん示唆的です。

語り手が死体を見つけられた真の理由とは、言うまでもなく、語り手自身がシャトルワージー殺害に関わっていたからでしょう。だからこそ語り手は、グッドフェローの率いる捜索隊が現場に到着する前に、死体を隠して保持することができたのです。

死体を隠しておく理由は、グッドフェローには全くなく、むしろ、語り手の方にありました。語り手はその死体を、さらに自分の計画に必要不可欠なアイテムとして使うつもりだったのでした。そのためには、自分だけが死体発見に成功したと偽らねばならなかったのです。その際に語り手が犯した論理矛盾は、ポーから読者への大いなる手がかりだったと言えるでしょう。

語り手の変遷と屈折した計画

語り手の計画を細かく議論する前に、まずはグッドフェロー犯人説をさらに否定しておきましょう。

問題にすべきはグッドフェローの犯行動機、「復讐」です。彼自身が「自白」のなかで、「ペニフェザー氏に復讐をしようと思って」と述べています。そしてこの動機を裏付けるのが、語り手自身の証言です。かつて二人にいざこざがあったことが、物語が始まってまもなく、次のように語られていました——

二人の口論は珍しいことではなく、この三、四ヶ月の間、二人の間にあったのは悪意ばかりでした。事はこじれて、ペニフェザー氏が実際に伯父の友人を殴り倒したこともありました。甥っ子と伯父とが同居している家の中で、グッドフェローさんがあまりに自由に振る舞っていたからだ、とのことです。そのとき「気さくなチャーリー」はキリスト教的慈悲の模範のような温和さで振る舞った、と言われています。殴られた後、立ち上がって服を整え、殴り返そうともしませんでした――ただ「いい機会があり次第、すぐに復讐してやる」とつぶやいただけです。その怒りの表現は自然で当たり前のことで、意味など全くありませんし、疑問の余地なく、口にするやいなや忘れ去られました。

このときの出来事を、物語の結末近くで、語り手はもう一度振り返っています。食い違いに注目して下さい――

ペニフェザー氏が彼を殴ったとき、私はその場にいたのです。そのとき一瞬ではありましたが、彼の顔に悪魔のような表情が浮かんだので、仕返しをするという彼の脅しは、可能ならば、しっかり実行されると確信しました。

最初の証言では、語り手はペニフェザーの暴力事件を伝聞情報として私たちに語っていました。事件を「とのことです」あるいは「と言われています」と表現しながら伝えています。一方、二度目の証言で、語り手は大胆にも「私はその場にいたのです」と立場を変えているのです。

また、事件に対する自身の感想も百八十度変化しています。当初、語り手はグッドフェローのペニフェザーに対する復讐の表現は「意味など全くありませんし、疑問の余地なく、口にするやいなや忘れ去られました」と断言し、その怒りが一過性のものであったことを自ら保証していました。しかし、結末では「仕返しをするという彼の脅しは、可能ならば、しっかり実行されると確信」していたと述べて、手のひらを返しています。

ペニフェザーがグッドフェローを殴ったとき、語り手はその場にいたのか、いなかったのか。その時にわき上がったグッドフェローの復讐心は、束の間のものだったのか、あるいは後にペニフェザーを殺人犯に仕立て上げようとするほど持続的なものだったのか、まったく真相が見えないのです。ならば、ペニフェザーに殴られたグッドフェローが復讐を果たした、という語り手の筋書きを、とても信用するわけにはいきません。

その上、語り手が成立させようとしている事件の因果関係も、よく考えれば愚かしいほど屈折しています――最初に一度だけペニフェザーがグッドフェローを殴り、グッドフェローはその復讐を果たすために、まずペニフェザーの唯一の親戚であるシャトルワージーを殺し、ペニフェザーをその犯人に仕立て上げようと計画した。このような展開は、まともに考えれば受け入れることができない代物でしょう。そもそもシャトルワージーは、親交の期間は短かったとはいえ、グッドフェローの親友であったはずです。だとすれば、その甥っ子に一発殴られたことに対する復讐として、グッドフェローはまず自分の親友を殺したことになります。たとえ二人に友人関係がない場合でも、この迂回自体が不自然です。ペニフェザー一人をこっそり殺せば済む話を、二人殺す計画を立てるとは、ありえない重複です。しかも真の復讐の相手は自分の手ではなく司直の手に委ねて殺してもらうのです。

もはやほとんど意味のない想像ですが、事件の朝、たとえグッドフェローがシャトルワージーを追いかけて現場まで行っていたとしても、その周辺にはペニフェザーもいたはずでした。そのことはペニフェザー自身が認めています（「この囚人［ペニフェザー］は、シャトルワージーさんが行方不明になった朝はどこにいたのかと問われると……血染めのベストが発見されることになるあの池の、すぐ近くにいたと認めたのです」）。ならばあの朝、町から離れた池のそばで、グッドフェローは伯父ではなくペニフェザーの方を殺すこともできたはずです。放蕩癖のある若者が姿を消しても誰も不思議に思わない。むしろその場で殺した方が、グッドフェローにとって利も大きい。すなわち、復讐が目的ならばその瞬間に目的を果たすことができ、それは同時にシャトルワージーの財産に目を光らせている相続人がこの世から消えることも意味します。もしシャトルワージーを生かして良好な関係を保っておけば、ひょっとするとグッドフェローは財産の一部を手にできるかもしれない。たとえそうならなくても、これまで通り三度の飯にはありつけるはずです。こう考えても、やはりグッドフェローは復讐のためにわざわざシャトルワージー殺しを経由する必要はなかったでしょう。

このように、動機に関する語り手の証言の変遷からしても、グッドフェローの「計画」の不自然な回りくどさからしても、語り手の筋書きには説得力がありません。

ポーはさらに、グッドフェローの犯行動機が成立しないように、本来の筋を脱線する労をいとわず、犯罪者の動機について議論してもいたのでした。それはあの、二つのラテン語の問い、cui bono（クイ・ボノ）とquo bono（クオ・ボノ）の違いについて語り手が長々と説明する部分です。巨匠チャールズ・ディケンズからヘボ作家にいたるまで、「誰が得をするのか」という意味の「クイ・ボノ」を、間違って「何の目的で」と解釈している、と語り手は指摘します。ちなみにポー自身、これより早く思想家ラルフ・ウォルドー・エマソンを批判する文章の中で「クイ・ボノ」という問いを正しい意味で用いているので、語り手の主張はでたらめではありません。こうして読者は、クイ・ボノ（誰が利益を得るか？）が正当な問いで、クオ・ボノ（何のために？）と混同してはならない、と語り手自身から聞かされます。

さて、「クイ・ボノ」という正しい問いの答えは「金」を得る者です。実際、伯父を殺すことで得をするペニフェザーが犯人だと、村人たちは信じました。一方、劣化コピーに過ぎない問い「クオ・ボノ」に対する答えが「復讐」であることが、次の引用から分かります――

「クイ・ボノ」という問いは、ペニフェザー氏が事件に関与していることを非常に明確に示します。彼の伯父は甥っ子のために遺言を書いてから、相続を取り消すぞと脅した。しかし、脅しだけで実行はされなかった。どうやら元々の遺言は書き換えられていなかった。もしも書き換えられていたのなら、容疑者が持ちうる推定可能な唯一の殺害動機は、復讐という普通の動機であったでしょう。ただこの動機さえ、伯父の機嫌を元通りにできる望みがあるので、打ち消されたはずです。

ここで語り手は、ペニフェザーの動機が「金」であり、「復讐」ではあり得ないことを主張しています。しかし、当然世の中では、復讐を金に優先させる殺人犯もいます。精神的満足が物質的満足を上回ることはあり得ます。ポーの他の作品では、復讐が動機の殺人も描かれます。したがって「この動機［復讐］さえ、伯父の機嫌を元通りにできる望みがあるので、打ち消されたはず」という語り手の議論は、かなり強引なのです。現実にはあり得る可能性を度外視してまで、ここでポーは（村人たちではなく）語り手自身の手で、金と復讐という対立軸を作らせ、その上で復讐を否定させたのです。それは一体、なぜでしょうか。

もちろんそれは、物語のオチを用意するためだったに違いありません。それまで語り手はグッドフェローに金銭的利得があったとほのめかしていたにもかかわらず、結末では、グッドフェローの動機が「復讐」だったと自信満々に明かします。そのとき同時に、語り手の自己矛盾が喜劇的に露わになるわけです。語り手はオウンゴールをしたのに、誇らしげにガッツポーズをしているようなものです（劣化コピーの問い［クオ・ボノ］の答えにすぎない「復讐」が否定されねばならない理由はもう一つあって、それはオリジナルとコピーの区別がこの物語にとって何より大切であるからです。この点は第四章で論じます）。

もはや、語り手のグッドフェロー犯人説を読者が受け入れるとすれば、探偵作家としてのポーに対する大いなる冒瀆になりかねません。ポーが用意した真相は別にあるはずです。

ペニフェザーとD大臣

そこで、私が考える事件の真相はこうです――シャトルワージーの財産を狙って、語り手とペニフェザーが共謀してシャトルワージーを殺害し、その罪をグッドフェローに着せた。これが真相なら、ただちにいくつかの疑問が浮かんできます。

最も重要な反論は、「もしグッドフェローが犯人でないのなら、なぜ最後に彼は自白したのか」というものでしょう。さらに「もしペニフェザーが犯人なら、どうして自分に嫌疑がかかったときに終始無抵抗だったのか」という問いも重要です。捜査の中でペニフェザーに不利な物証が次々と発見されていきました。しかし、ペニフェザーは「かなり悪い人間」と評されているにもかかわらず、決して言い訳したり反論したりしませんでした。いやむしろ、実に奇妙なことに、彼は自ら進んで疑われようとしているようにも見えました。

まずは、ペニフェザーのこの不思議な言動から考えていきましょう。

そもそもなぜペニフェザーは伯父が行方不明になったばかりだというのに、こんなことを言ったのでしょう。語り手はこう述べています――「ペニフェザーという名のこの甥っ子が、『静かに待つ』ことの分別をどうしても受け入れず、『殺された伯父の死体』を直ちに捜索することを主張したのでした」。伯父の死を既成事実のように語るペニフェザーを、人々は疑い始めました――「自分の伯父が『殺された』とはっきり間違いなく断言するとは、一体あのペニフェザー氏なる若者は裕福な伯父が行方不明になった状況を深く知りすぎているのではないか」。

ペニフェザーは単に言い間違えただけだったのでしょうか。

このあと殺害現場と思われる池での捜索で、池の水を全て抜くよう提案したのは確かにグッドフェローです。その結果、血で汚れたペニフェザーのベストが見つかったわけなので、グッドフェローがペニフェザー犯人説へと人々を誘導しているようにも見えます。しかし、そのときなぜペニフェザーは弁明しなかったのでしょうか。ペニフェザーは「何か言うべきことがないかと問われても全く一言も発することができなかった」のでした。まだこの時点では、思わぬ展開にショックを受けて言葉を失ったように描写されていますが、先ほど触れたとおり、彼は尋問を受けた際には、事件当日に現場に自分がいたことを実に素直に明かしています。やがてグッドフェローがペニフェザーに不利な証言をするに至っても、ペニフェザーの態度は変わりません――「彼（証言者）［グッドフェロー］は被告［ペニフェザー］に向かって、自分（証言者）が今述べたことは細部の細部に至るまで真実か否か、と厳かに問いました。その場にいた皆が驚いたことには、ペニフェザー氏は真実だとあっさり認めたのです」とあります。

ひょっとして、ペニフェザーは自分が無実であることに自信を持っていて、やがて真実は裁判で明らかになると思っていたので、このような態度を取ったのでしょうか。もしそうなら、彼の考えは浅はかでした。このあとすぐにペニフェザーは死刑判決を受けるからです。

しかし、それは想定外の展開ではなく、彼の計画の一部だったのだと私は思います。

語り手の結論では、グッドフェローがペニフェザーを犯人に仕立て上げたはずですが、グッドフェローの計画とは関わりなく、ペニフェザー自身が積極的に犯人になろうとする姿の方が目立ちます。語り手によればペニフェザーは無実の人であるはずなのに、なぜ死刑判決を受けるところまで自らを追い詰めたのでしょう。

先ほどの私の仮説――ペニフェザーは語り手と共謀していた――が正しければ、すぐさまその問いの半分には答えることができます。ペニフェザーが自らを死刑判決へと至らしめても平気だったのは、最終的に自分が解放されることをあらかじめ知っていたからに違いありません。ペニフェザーはすでに、グッドフェローから「自白」を引き出すための秘策を語り手と共有していたのでしょう。

しかし、これでは全ての疑問に答えたことにはなりません。そもそも、なぜペニフェザーは死刑判決を受けるほど、捜査の目に自らを差し出す必要があったのでしょうか。

その問いに答えるためには、まず、ペニフェザーの特別な立場を思い出さねばなりません。彼はシャトルワージーの唯一の遺産相続人でした。それゆえ、シャトルワージーが行方不明になれば、自分に容疑がかかることは火を見るより明らかです。この点をどう処理するか。そこに彼の計画の成否はかかっていたはずです。

では、嫌疑が避けられない状況をうまく切り抜けるにはどうしたらいいのでしょうか。その答えは、ほぼ同時期に書かれた「盗まれた手紙」にあります。そこには、ペニフェザーと同じような立場の人物がいて、その人物の策略が私たちの疑問に答えてくれるでしょう。

その人物とは、手紙を盗んだ犯人、D大臣です。この人物もまた、容疑者になることを避けられない状況にいました。というのも、彼が手紙を盗むところを被害者自身が目撃していたからです。したがって、自分が捜査対象になることは絶対に間違いないのです。

この難しい状況に、大臣は逆説的な奇策で対抗します。大臣は意図的に家を留守にして、警察に徹底的に捜索させたのでした。デュパンは、大臣の策略を次のように説明しています。


［大臣は］自分の邸宅が密かに捜索されることを予期していたに違いない、と私は考えたんです。大臣が夜ごとに家を空けることを、警視総監は捜査が成功する助けになると喜んでいたが、私には警察に徹底的に捜索させるためのただの策略に見えました。そうしておけば、手紙が自分の家にないとより早く印象づけることができると考えたのだろうし、実際、最終的にG警視総監はそのように確信してしまったわけです。［988　強調原文］

自ら進んで徹底的に捜査されることで、逆に捜査の目をかいくぐる。これがD大臣というポーが造形した最も知的とされる犯罪者が考え出した策略の一つだったのです。

同様にペニフェザーも、まずは徹底的に自分が疑われるという策を選んだのでしょうし、実際にその策は成功して、物語はこう締めくくられます――「ペニフェザー氏は直ちに釈放され、伯父の財産を相続し、経験の教訓を生かして、新しいページをめくり、その後は新しい人生を幸せに送りましたとさ」。

ただし、先ほど触れたように、ペニフェザーがこのような捨て身の計画を実行するためには、最終的に自分の無罪が証明されることが分かっていなければならない。つまり、彼は語り手の計画をあらかじめ知っていたに違いありません。

村人たちの記憶力

そう考えれば、一見自然な物語の展開も、ペニフェザーが自らを有罪に見せかけようとした策略の一部のように読むこともできます。最初の重要証拠であるペニフェザーのベストが見つかった場面を振り返ってみましょう。

池の底が見えるやいなや、そこにあった泥のちょうど真ん中から黒い絹ビロードのベストが見つかり、ただちにそれがペニフェザー氏の持ち物であることが、その場にいたほとんどの人に分かりました。ベストはずいぶん破れて血で汚れていましたが、捜索隊の何人かは、シャトルワージーさんが出かけていったまさにあの朝そのベストを持ち主が着ていた、とはっきり思い出しました。他の何人かは、必要ならば宣誓して証言してもいいが、あの忘れられぬ日の残りの間、問題の服をペニフェザー氏が決して着ていなかったと言います。さらには、シャトルワージーさんが行方不明になって以来、ペニフェザー氏がその服を着ているのを見たと言える人は一人もいないのでした。

血で汚れたベストを見て、数名が「シャトルワージーさんが出かけていったまさにあの朝「ペニフェザーが」そのベストを……着ていた、とはっきり思い出しました」とあります。もちろん物語の便宜上、このような証言は必要なものでもありましょう。しかし、たとえば「あの朝、ペニフェザーはそのベストを着ていたような気がする」という本来あるべき慎重さはそこにはありません。むしろ「はっきり思い出した」という具合に、証言者の記憶の確かさが強調されています。「必要ならば宣誓して証言してもいい」と重ねるほどの念の入れようです。

ここで私たちは、このとき事件発生からすでに一週間ほど経っていることを忘れてはなりません。まず捜索を開始するまでに一日が費やされ、その後「捜索は一週間近く、昼夜を通して絶え間なく行われ」たのでした。ならば私たちは、どうして証言者たちは一週間前のペニフェザーの服装をこれほどまではっきりと覚えていられたのか、と問いたくなります。彼らは事件の朝にペニフェザーがそのベストを着ていたと言っているだけでなく、その日の午後から夜にかけてそのベストを着ていなかったとも断言します。ここでポーは、筋を展開させるという現実的な要請を超えて、証言者の不自然なほどの確信が目立つようにしているのではないでしょうか。

思えば、ペニフェザーは直ちに捜索を開始するよう強く主張していたのでした。彼は現場になるべく早く人々を到達させ、自分自身（あるいは語り手）がすでに仕込んでおいた物証を発見させ、あの逆説的な作戦を実行したかった、ということではないでしょうか。

結局、自分ではなくグッドフェローがリードして集団で捜索することになってしまったので、彼らが現場にたどり着くまでの一週間、ペニフェザーは事件当日の自分の服装の変化を人々が忘れてしまうのではとハラハラしていたかもしれません。たとえ池から自分のベストが発見されたとしても、自分が事件の朝にそれを着ていて、さらにその後は着ていなかったことを誰かが証言してくれなければ、自分（あるいは語り手）の仕込みも、まったくの骨折り損となってしまうからです——池からベストは見つかったけれど、「はて、これって誰のかな」で終わってしまうと、意味がありません。それほど、人々の記憶は、ペニフェザーの計画にとって必要不可欠だった。だから、彼らの忘却の可能性を減らすために、おそらく事件の前からペニフェザーは繰り返しそのベストを着て、住人たちの記憶にその姿を刻み込んでいたと想像してもいいでしょう。その準備が功を奏して、一週間経っても彼らから明確すぎるほどの証言を得ることができた、ということだと思います。

そんなまどろっこしいことをしないで、ペニフェザーが血染めのベストを着たまま町に戻ってきたら住民は確実にペニフェザー犯人説を信じるではないか、との反論があるかもしれません。しかしそうなると、もはやそれは「犯人説」ではなく犯人そのもので、そこで捜査終了でしょう。すると、「まずは徹底的に自分を調べさせることで後の安全を確保する」という奇策は実行不能となってしまいます。

いずれにしても、ベストに関する村人の記憶を操れるのは、ベストを着たり脱いだりできるペニフェザーだけであり、他方、グッドフェローはどうすることもできないのです。

（私の仮説とは逆に、語り手の結論通りグッドフェローがペニフェザーのベストを池に仕込んだのだとしたら、幾つかの疑問が浮かび上がります。まず、なぜ捜索に一週間も掛けて人々の記憶が薄れるリスクを冒してしまったのか。さらに、そもそもどうやってグッドフェローはベストを入手したのか。事件当日午後、犯人でないペニフェザーが汚れていないベストを運良く脱いでくれたので、それを盗んでワインで汚して、池まで行って放り込んだ、ということでしょうか。翌日には捜索が始まり、グッドフェローは住民たちに張り付くので、それまでに単独行動を取って工作するしかありません。それを可能にしたのがペニフェザーの偶然の着替えだったとすれば、狡猾なはずのグッドフェローの策略が、行き当たりばったりなものになってしまいます。ちなみに、仮説どおりペニフェザーが犯人なら、ベストに付いていたのはワインではなくて本物の血であったはずです。事実、後にワインで染められたとされるのは「シャツとハンカチ」のみなのです）

さて、このようにペニフェザーと語り手は事件のかなり前から準備をして、住民の記憶を操り、知恵者として知られるグッドフェローの捜査能力も逆手にとって、まずはペニフェザーが捜査されるよう綿密に計画を立てたに違いありません。あの手紙を盗んだ大臣が徹底的に捜査されることを通して逆説的に手紙の不在をアピールしたように、ペニフェザーも極限までの捜査を経由して初めて、グッドフェローの「自白」で全てが覆った後には、何の心配をすることもなく伯父の遺産を我が物にできる、ということなのでしょう。

もしそうなら、グッドフェローは無実でした。ならば、なぜ彼は「自白」したのか。

いいえ、これまでの私たちの推理が正しければ、グッドフェローは自白などしていなかったと考えざるを得ないのです。

次は、自白のからくりを解き明かしましょう。それは同時に、シャトルワージー殺人事件とは別の、もう一つの未解決殺人事件の存在を浮かび上がらせることにもなるでしょう。

語り手によれば、彼はシャトルワージーの死体を鯨骨と腹話術で操り、グッドフェローに適度なショックを与えて自白を引き出し、その直後にグッドフェローが死んだことになっています。それにしても、物語の中の出来事とはいえ、こんなに都合の良いことがあっていいのでしょうか。このようなものをペニフェザーは信頼して、語り手に自らの命を預けたのでしょうか。そんなはずがありません。

まず不自然なのは、グッドフェローの自白について、彼の良心に期待した、と語り手が述べていることでしょう――腹話術の「効果［自白］」については、あのみじめな殺人犯の良心に賭けたのです」。

よりによって殺人者の良心に期待することで成り立つ計画など、冗談にちがいありません。あらゆる良心のなかで殺人者が持っている良心は、もっとも頼りにならないはずです。もしもこれが語り手の立てた計画なら、ずいぶん大穴の空いた策だと言わざるを得ません。物語の最後の最後で、ポーはこの冗談で読者にウインクしているのだと思います。

では、本当はどのようにして語り手はグッドフェローのあり得ない自白を引き出したのでしょうか。私には一つの答えしか思い浮かびません。自白したときグッドフェローはすでに死んでいたのです。そして彼を殺したのは語り手です。

「殺してしまったら、ますます自白できなくなるではないか?」というのはきわめて常識的な反応ですが、この物語的なものではありません。思い出して下さい。この物語の表向きの最大のトリックは、語り手がシャトルワージーの死体を「復活」させ、特技の腹話術を使って「犯人はお前だ!」としゃべらせたことでした。これが可能であることがこの物語の大前提です。ならば、語り手は腹話術をもう一度使って、今度はグッドフェローの死体がしゃべっているように装えるはずではありませんか。

裏返された密室殺人

しかし、そうだとすると、大きな問題が生じます。その殺害現場には夕食会に招待された人々がたくさんいてワインを飲んでいたのでした。衆人環視の中で、どうやって人を殺せるのでしょうか。

この隠された難問を、ポーは「モルグ街の殺人」の謎を裏返すことで思いついたのでしょう。その物語では、母と娘が殺された四階の部屋は中から鍵がかかっていました。ところが、叫び声を聞いて駆けつけた人々や警察がドアをこじ開けたときには犯人の姿は消えていた。このように、ポーが最初の推理小説で提示したのが密室殺人の謎でした。それを英語では locked-room murder と言います。「鍵がかかった部屋での殺人」です。ポーは「犯人はお前だ」で、それを発展的にアレンジして、unlocked-room murder（いわば「衆人環視での殺人」）という謎を読者に提示しているように思います。

実は、見ている人々に気づかれずに殺人を遂行することと似ているけれども、はるかに地味なヴァージョンの問題を、すでにデュパンは「盗まれた手紙」で解決しています。私たちにはそれが大きなヒントになります。その物語で、デュパンはすでに大臣が手紙を部屋に隠していることを確信していますが、そこには大臣がいます。一体どうやって、デュパンは大臣の目の前で手紙を盗み返したのでしょうか。

トリックは単純でした。大臣の注意をそらすため、デュパンはあらかじめ人を雇って、大臣の家の外で銃を発砲するように仕組んでおいたのでした。外から聞こえた銃声に反応して、大臣は窓へと走ります。その隙を突いて、デュパンは手紙を盗み返すのです。そのときのことをデュパンは次のように語っていました——

「D大臣と会話をしているとき」ピストルの発砲音のようなものが、「大臣の」家の窓の真下から聞こえ、すぐに数々の悲鳴と群衆の叫びが続いたんだ。Dは走って行って窓を開けて外を見たよ。その間に、私は状差しのところに行って、その手紙を取ってポケットにしまい、代わりにそっくりな手紙（外側だけだが）を入れといたんだ。［992］

「犯人はお前だ」の語り手も、同じような手を使ったに違いありません。しかも、デュパンより洗練されたやり方です。

皆さんは、あの夕食会の場面で、語り手も見事に人々の目を自分からそらしていたことに気づかれましたでしょうか。いわば空白の時間帯があったのです。

それは、シャトルワージーの死体が箱から飛び出して「犯人はお前だ！」と叫んだ瞬間です。そのとき、人々は恐怖のあまり出口へと殺到しました――

「死体が「犯人はお前だ！」と叫んだ」その後の光景はまったく筆舌に尽くしがたいです。人々は恐ろしい勢いでドアや窓へと殺到し、部屋にいた最も屈強の男たちも極度の恐怖ですっかり気絶しました。最初の激しい恐怖の叫びの後に、全ての眼はグッドフェロー氏へと向けられました。

引用の最後の文に注目してください。騒ぎの後、全員の眼がグッドフェローへと向けられた、とあります。逆に言えば、死体が生き返った恐怖でパニックになった人々は逃げるのに忙しくて、その瞬間までグッドフェローのことなど全く気にしていなかったわけです。この隙を突いて、語り手はグッドフェローを殺したに違いありません。

これは見事です。デュパンのように他人を雇って騒ぎを起こさせたのではなく、語り手は自ら死体を操ることで人々の注意をそらし、衆人環視の中での殺人を華麗に成し遂げたのです。ポーは実に念入りです。この場面の直前には、語り手が人を殺せるように凶器を持たせてもいたのでした。

人々をパニックに陥らせるには、まずは死体が入った箱を開かねばなりません。実際、その蓋を開けたのは語り手自身です。そしてそのとき、彼はハンマーとノミを手にしていたのでした——「私がノミを差し込み、ハンマーで数度わずかに叩くと、箱の蓋が突然そして激しく吹き飛び、その瞬間、殺されたシャトルワージーさんの傷つき血まみれになって腐りかけた死体が飛び出し……」

次の瞬間、逃げ惑う群衆のパニックに乗じ、語り手は誰にも見られることなく、利き手で持っていたハンマーを茫然自失のグッドフェローに向かって打ち下ろしたに違いありません。

「もしもそのとき殺したのなら、鮮血が飛び散ってしまって、グッドフェローがショック死ではなくて誰かに殺されたことが露見するではないか」という疑問もあるでしょう。しかし、あらかじめ手は打ってあったのです。

犯行直前、死体の入った箱がテーブルの上に載せられます。そのときの描写を振り返ってみましょう——「私も手伝いました。瞬く間に私たちは箱を持ち上げ、テーブル上に並んでいたボトルやグラスの真ん中に下ろしました。慌てていたので、多くのボトルやグラスが割れました」。

言うまでもなく、ボトルやグラスに入っていたのは赤ワインです。語り手は「多くのボトルやグラス」を割ることで、周囲にワインをまき散らしました。これは、このあと殺されるグッドフェローの血が目立たないようにするための周到な隠蔽工作だったに違いありません。ポーは本当に芸が細かいのです。

叙述トリックの核心

こうした準備の後、語り手がグッドフェローを殺したとしましょう。さて、騒ぎが落ち着いて、客たちの視線が再びグッドフェローに向けられたときの描写が次の引用です。このとき、グッドフェローは本当に生きているのでしょうか、それとも死んでいるのでしょうか。ここが作家ポーの技の見せ所です。

最初の激しい恐怖の叫びの後に、全ての眼はグッドフェロー氏へと向けられました。つい先ほどまで勝利の美酒で赤くなっていた彼の顔が、死人のようになって死すべき運命以上の苦悩をたたえていたことを、私は千年生きるとしても決して忘れることはないでしょう。数分の間、大理石の像のように彼はじっと座っていました。その眼は激しく虚ろで、まるで自らの内面へと向けられ、惨めな殺人者である自分の魂について沈思黙考しているようでした。ついに、その眼をぱっと外の世界に向けたかのように見えると、素早く跳躍して椅子から飛び上がり、頭と肩からずしんとテーブルの上へと倒れ込みました。そして死体にくっついた状態のまま、現在ペニフェザー氏が逮捕されて死ぬ運命にあるあの恐ろしい犯罪について、早口かつ熱を込めて、細かな自白を吐き出したのです。

思えば不思議なものです。ポーの代表的な作品を読み込んでいるはずの批評家たちはこの部分を読んで、グッドフェローが生きていると当たり前のように受け取りました。そんな彼らは、見事にだまされた村人たち――死んだシャトルワージーが本当に生き返ったと信じてしまった――と似てしまっているのではないでしょうか。これより十年ほど前の「ベレニス」(1835)以来、ポーは幾度も女性の復活譚あるいは輪廻の物語を書いてきました。「死んだはずのあの女がまだ生きているのではないか」という謎に男たちが飲み込まれていく様子を繰り返し描きました。そのことを知らない批評家はいません。ならば、このグッドフェローの姿を、その謎が裏返されたものとして――「生きているはずの男がもう死んでいるのではないか」という謎として――受け取ることはさほど困難ではなかったはずです。その方がポー文学の理解として、むしろ真っ当かもしれないのですから。だからポーとしても読者に無理なゲームを仕掛けているつもりはなかったでしょう。ポーはこの場面で、村人だけでなく私たち読者が、生死の境界が曖昧になった人物に向き合い、その謎を解くことを期待していたように思います。

それでもなお、このときまだグッドフェローは生きていた、と反論することもできるでしょう。なんといっても、グッドフェローは自白する直前に、座った姿勢から飛び上がっています。この動作こそ、グッドフェローがまだ死んでいない証拠ではないか、という疑問です。

しかし、まったく同じ疑問を私はそのまま問い返したいと思います。もしグッドフェローが生きているなら、なぜ自白する直前に飛び上がって、わざわざテーブルの上に倒れ込んでいるのでしょうか。

そもそも鯨の骨を使えば死体を飛び上がらせられるというのがこの物語の前提だったのですから、グッドフェローが死んでいたとしても語り手にはその死体を飛び上がらせる術《すべ》がありました。座らせておいたグッドフェローの死体の腰の下に再び鯨骨をセットして端を押さえておけばいいだけです。前にテーブルがあるので、人々からは見えませんし、鯨骨もワインの箱の中にもう一本忍ばせておけば済みます。ですから、グッドフェローが飛び上がったこと自体は、生きている証拠にはなりません。問題はその後です。グッドフェローはテーブル上に倒れ込んでいるのです。

犯人の「自白」はこの物語のクライマックスです。ならば、グッドフェローのこのポジションは一体何なのでしょうか。たとえば、自責の念から目を伏せがちでもいい、立ち上がらずとも座ったままでもいい、背中を丸めていてもいい、それでも少なくとも上体は起こして発言すべきでしょう。しかし驚くべきことに、このとき彼は寝そべっていたのです――「素早く跳躍して椅子から飛び上がり、頭と肩からずしんとテーブルの上へと倒れ込みました。そして死体にくっついた状態のまま……細かな自白を吐き出したのです」。生きているのなら随分やる気のない姿勢ですが、死んでいるのなら仕方がありません。

ポーはグッドフェローの死が読者に伝わるように、倒れた彼をご丁寧にシャトルワージーの死体に「くっついた状態」にしてもいます。つまり、テーブルの上には二つの人間の体が市場のマグロのように並んでいる。そのうち一体（シャトルワージー）の死は確実である。ならばもう一体はどうなのか、もうお分かりでしょう、とでも言いたげです。

同時に、グッドフェローの奇妙な体勢は、腹話術を使う語り手にも都合の良いものでありました。その場にいた人々から、倒れたグッドフェローの口元が見えにくく、「自白」している最中に彼の口が動いていなくても気づかれはしないのです。

このあとショック死するほど動揺した人物が過不足のない的確な「自白」をすることも、「物語のオチなんだから多少の不自然さは仕方がない」と見なすこともできますが、それが語り手の腹話術の産物であると考えるとしっくりきます。語り手はこの「自白」に、ペニフェザーを無罪放免するために必要な情報を全部詰め込んだのでしょう。

二つの死体

ただし、正確にグッドフェローの生死を判定するのに、「寝そべったまま自白はないだろう」とか「倒れていれば口が見えないので腹話術に有利」などと、常識に頼ってばかりでは味が悪いです。そんな議論をしていると、そもそも「鯨骨で死体を操作することは可能か?」とか「お客が気絶したのはむしろ腐った死体の臭いのせいだろう」とか、良識に基づいた果てしない議論の脱線を招きかねません。その典型的な例が、作家ジェイムズ・サーバーのユーモア短編「マクベス殺人事件」に登場する女性です。彼女はシェイクスピアの『マクベス』を推理小説として読み、王様殺しの犯人がマクベスではなくて死体の第一発見者だ、という「発見」をします。しかし、その新説の論拠は、彼女の良識にすぎません。たとえば、王の死体を発見すれば慌てふためくはずなのに、そのときの台詞が大げさで芝居がかっているので「全部あらかじめ用意していた言葉よ。さもなけりゃ、ブッツケにあんな調子でペラペラ言えますか……死体を発見したっていう場合にさ」と断じます。他にも「第一の殺人の容疑者は、かならず第二の殺人の被害者になる」とか「逃げ出したら、その人は犯人じゃありません」とか、彼女は常識や経験に基づいて自説を補強します。*7 そんな読解を、サーバーは笑いの対象として描きました。私たちも笑われたくなければ、このような推論に頼りすぎないよう気をつけねばなりません。

私たちは物語を読んでいるのですから、最終的にグッドフェローの生死も常識ではなくテキストを元にして判断せねばなりません。当然ですが、ポーの作家としての技量や工夫もそこに表れているのです。

実際、どんな良識に基づいても判断できないことがあります。それは、自白を終えた後、グッドフェローが死んだとされるときの描写です――「血も凍るような話が終わりに近づくと、罪深い男の言葉はとぎれとぎれで虚ろになりました。ついに陳述が尽くされると、彼は立ち上がり、テーブルから後ろによろけ、そして倒れて――死にました《ヽヽヽヽヽ》」。

私たちの仮説通り、こうしてグッドフェローの死が明言される前にすでに彼が死んでいたとすると、「彼は立ち上がり、テーブルから後ろによろけ……」という部分は強力な反証になるようにも見えます。「だからグッドフェローはまだこの瞬間まで生きていたんだ」とか「死んでいるにしてもこんな描写の仕方は読者をだます反則技ではないか」とか言いたくなるかもしれません。

しかし、繰り返せば、私たちはテキストを読んでいるのですから、最終的な判断材料は常識的な推論ではなくてテキストの中に求めたいものです。「いや、だからテキストにもグッドフェローが『立ち上がり……よろけ［た］』とあるではないか」、ということでもないのです。なぜならテキストの中の任意の出来事の意味は、他の出来事との関係のなかで決まってくるからです。一ヶ所を井戸のように深掘りして読んではならず、目を水平方向に向けて、その箇所が他のさまざまな箇所とどのようにつながっているのか、その関係の糸をたぐっていかねばなりません。デュパンは「モルグ街の殺人」の中でこう言っています――「真実というのは必ずしも井戸の中にあるんじゃない。実際、重要な知識というものは、いつもきまって表層的だと私は信じているんだ」［545］。実際、ポーの探偵小説の「真実」にも、深読みではなくてむしろ平べったく読むことでしか到達できないのだと私は信じています。

私たちが正確にグッドフェローの生死を判定するには、先ほどのグッドフェローが公式に絶命する場面だけを見るのではなく、この場面での描写が物語の他の部分とどのような関係にあるのか、水平方向に探らねばなりません。ポーはそんなことは百も承知だったわけですから、そのような読み方をする読者が謎を解けるような書き方をしています。決して「グッドフェローの描写はアンフェアではないか」とのそしりを受けないように、「どこまで作家は死体が生きているように描いていいのか」という問題をポーはきちんと物語内で解決しているのです。

それは具体的にはこういうことです。私たちはその前の段落――生きているのか死んでいるのか判定しづらいグッドフェローの姿が描かれる直前の箇所――に注目せねばなりません。そこでポーはきちんと死体の描写に関するルールを設定していたのだと思います。

それはシャトルワージーの死体の描写です。この死体の「復活」が本当の奇跡ではなくて語り手のトリックにすぎないことを、読者は結末で知らされます。そもそも腐りかけの死体が蘇るはずもないのですから、一時驚いた読者も、最後はシャトルワージーが死んでいたことを確認して納得します。ところがポーは、疑問の余地なく完全に死んでいたはずのシャトルワージーの死体を、語り手が実に生き生きと描写することを許していたのです。以下は、腐った死体が箱から飛び出したときの描写です。

私がノミを差し込み、ハンマーで数度わずかに叩くと、箱の蓋が突然そして激しく吹き飛び、その瞬間、殺されたシャトルワージーさんの傷つき血まみれになって腐りかけた死体が飛び出し、主催者の真正面に座った格好になりました。しばし死体は、腐りかけてどんよりした眼で、じっとそして悲しみに満ちて、グッドフェロー氏の顔をまっすぐに凝視しました。そしてゆっくり、しかし、はっきりと印象深く言ったのです――「犯人はお前だ!」。すると、まるですっかり満足したかのように箱の脇に倒れ込むと、ぶるぶる震える肢体をテーブルの上に広げました。

死体を描くときのルールをポーはこうして提示しました。語り手がシャトルワージーの死体を描写した際に使った表現が、たとえ常識に反しているとしても、死体について使っていいものなのです。シャトルワージーの死体は「飛び」(sprang)、「座［り］」(sitting)、「凝視」(gazed)し、「倒れ」(falling over)ます。さらには「悲しみに満ちて」(sorrowfully)あるいは「満足し［て］」

(satisfied) という具合に感情の表現も許されます。動くはずのない肢体も「ぶるぶる震える」(quiveringly) とまで言ってよいのです。

ならば同様に、これに続く段落でグッドフェローについて同じような表現が使われていても、けっしてグッドフェローが生きていることの証拠にはなり得ません。グッドフェローもまたシャトルワージーの死体同様に「座って」(sat)、「跳躍し」(sprang)、「その眼差し (gaze) は……向けられ」、そして「倒れ [た]」(falling) のでした。

だとすれば、グッドフェローについて使われたこれらの表現群――シャトルワージーの死体について使われたのと同様の表現――は、グッドフェローが生きていることの証拠ではなく、むしろ全く逆に、テキスト的にはグッドフェローが死んでいることの重要な証拠となります。生きていることを示しているはずの描写が、逆に死を意味することになる――これこそポーが読者に仕掛けてきた独創的なトリックの一つなのです。

ですから、グッドフェローが最後の最後に「立ち上がり、テーブルから後ろによろけ、そして倒れて――死にました」とされているのも、これ単独ではアンフェアな表現ですが、シャトルワージーとの類似を参照すれば許容範囲に収まるのではないでしょうか。シャトルワージーの死体は、倒れた後に手足が「ぶるぶる震え」ていました。グッドフェローが最後に倒れる際にはもう少し大胆に「よろけ [た]」とされますが、それでもこれが死体の動きの描写として許され得るのは、その前の段落で、グッドフェローがシャトルワージーの動きをなぞり続けてきたからです。

以上まとめれば、こんな事が起きたのでしょう――

シャトルワージーの死体が箱から飛び出して、パーティーの客たちがパニックに陥る。語り手は箱を開けるときに使ったハンマーでグッドフェローを殺し、死体を椅子に座らせる。箱の中に潜ませていたもう一本の鯨骨を曲げて、グッドフェローの腰の下にセットし、その端を手で押さえつけておく。数分間その姿勢を保ちながら、客たちの視線がグッドフェローへと戻るのを待つ。彼らの注意はシャトルワージーに犯人と名指しされたグッドフェローに向くが、テーブルの下で操作している語り手の手は見ていない。頃合いをみて、語り手が手を離してグッドフェローの死体を飛び上がらせると、テーブル上に上半身がくずおれる。語り手は腹話術を使い、さらに「聞き惚れてしまうほど朗々としてよく通る」グッドフェローの声を真似て、グッドフェローの自白を装う。その間、テーブルの下で見えなくなっているグッドフェローの腰に、鯨骨を逆向きにセットする。「自白」をさせ終わると、死体を反り返らせてから床に倒し、この時にグッドフェローが死んだものと客に信じ込ませる。

客たちが騙されるのはしかたのないことかもしれません。しかし、読者にはこの経緯を「読んでいる」という大きなアドバンテージがあります。語り手の叙述の仕方を手掛かりにすれば、グッドフェローの死を見抜くことができるわけです。

具体的には、ここが非常に重要なポイントですが、読者はシャトルワージーの死体の描写を観察することを通してグッドフェローが死んでいるという真実を知ることができるのでした。なぜこれが重要なのでしょう。それは、ポーが作り出したこの仕掛け――シャトルワージーの死体がグッドフェローの鏡像として機能するという二者の関係――こそが、物語全体の構造にもなっているからです。次の章で議論するとおり、「犯人はお前だ」とは、直接見ることができない真実に鏡像を通して到達する物語なのです。

第四章　鏡像

「犯人はお前だ」はアンフェアな物語だ、と批判する批評家たちがいます。すでに触れましたが、もしも語り手の主張したとおりグッドフェローが真犯人であるならば、物語の前半で語り手はグッドフェローの善良性を主張しすぎているようにも見えます。この語り手は事件がすべて「解決」した後に、振り返って語っているのですから、「真犯人」の人柄の良さを序盤で押し出すのは読者にアンフェアではないか、ということです。

仮に私たちの結論、つまり語り手自身がペニフェザーの共犯者であり、真犯人の一人だとしても、それはそれで犯人が事件の真相を隠し通して語り手を務め終えたことになってしまいます。そんな仕掛けがフェアか否かという問題が生じるかもしれません。

「犯人はお前だ」からおよそ八十年後、アガサ・クリスティの推理小説『アクロイド殺し』（1926）が、語りのフェアネスに関して有名な論争を引き起こすことになります。ネタバレで申し訳ないですが、この小説のオチは「語り手が犯人だった」というものです。同時期の推理作家S・S・ヴァン・ダインは怒りました。その二年後、彼は腹に据えかねて「探偵小説作法二十則」を著して、その第四則で「探偵本人、あるいは捜査官の一人が、決して犯人だと判明してはならない。これは、五ドル金貨の代わりにピカピカの一セント玉を差し出すのと同じぐらい、ひどいトリックである」と断じています。今でこそ、『アクロイド殺し』はクリスティの代表作として知られていますが、出版当時、賞賛と共に批判の声も強く、クリスティはイギリス推理作家クラブから除名されそうになったほどでした。

ところが推理小説の創始者とされるポーは、すでに語り手が犯人である物語を書いていただけでなく、クリスティよりもっと華麗で洗練されたやり方を考案していたのだと思います。それはたとえ「探偵が犯人」であってもアンフェア論争など一蹴できるような、ヴァン・ダインの想像もおよばない方法でした。

怪しい二人

私が事件の真相に気づいた瞬間を思い出したいと思います。あの in と out を巡るエピソードです。

ワインが「イン」して知性が「アウト」していった時間帯に語り手が聞いたと主張するワインを巡る会話は、それ自体、大して怪しくはありません。せいぜい「一体この語り手はどうやってシャトルワージーとグッドフェローのプライベートな会話を聞くことができたのか?」という良識的な疑問を抱かせるぐらいでしょう。しかし、ポーはこの挿話を単独で提示していたのではなく、もう一つのインとアウトを巡る挿話を読者に与えていて、それが手がかりになるのでした。あのワイン談義だけをどんなに読み込んでも語り手のトリックには気づかないけれど、それを幻の銃弾を巡るエピソードと並べてみたとき（さらにはワインではなく死体が届く展開と結びつけたとき）に、読者は語り手の怪しさを発見できたのでした。

語り手はあの銃弾の話を、自分がグッドフェローの怪しさに気づいたきっかけだと誇らしげに言っていました。町の住民は忘れ去っていたけれど、自分だけが銃弾が貫通していたことを思い出したのだ、と。ところが、語り手がそう自慢した瞬間、私たちもあのワインの挿話を思い出し、語り手自身の証拠捏造を推論できる。直接的には弾丸の話はグッドフェローの有罪性を示すものでありながら、同時に、語り手の有罪性をあぶり出す鏡のような存在だったと言えます。

ポーはこの物語全体で、読者がこのような推論をできるかどうかを試していた――ここに、ポーと読者との知的勝負の本質があるのだと思います。その勝敗を分ける思考方法とは、何と何が類比的なのか、さらには何が何の鏡像なのかを見分ける、というものです。

実際、そのような勝負の場になるよう、ポーは物語全体の構造をも一つの鏡にして、二つのそっくりな像を描き込んでいました。そして、読者に問うのです――はたしてここに出現した二つの像が鏡像関係にあることにあなたは気づくだろうか、そしてその二者のうち、どちらがオリジナルでどちらが鏡像にすぎないのか、あなたは見抜けるだろうか？

そんな二つの像を形成しているのが、語り手とグッドフェローなのだと思います。最も明白な共通点は、どちらも探偵役を演じてシャトルワージー殺人事件の犯人を提示していることです。グッドフェローはペニフェザーが犯人であるとし、語り手はグッドフェローだとしました。

加えて、二人が犯人解明によって得るものも同じです。それぞれ自分の身代わりとなる「真犯人」を提示することで、自らの身の潔白を手に入れようとしたのでした。語り手によれば、グッドフェローはペニフェザーをスケープゴートにし、さらに私たちの推理によれば、語り手がグッドフェローをスケープゴートにした、ということです。

しかし、それ以上に重要なのは、それぞれターゲットにしたスケープゴートを、二人がじっくり時間をかけて追い詰めていくやり方です。結論に至る前まで、語り手が物語の大部分において示したのは、グッドフェローが善良さの権化として親友の甥っ子ペニフェザーの味方のように振る舞いながらも、それとは裏腹にじわじわとペニフェザーを犯人へと仕立て上げていく有様でした。一方、振り返ってみれば、語り手もまた同様に、いやそれ以上に時間をかけて――この物語全体の展開を通して――グッドフェローの有罪性を証明して見せたのでした。物語の終盤まで語り手はグッドフェローの人の良さを持ち上げていましたが、結末のどんでん返しで、グッドフェローこそが真犯人であると明らかにしたのです。

ところが、この語り手の語り方については、少なからずの読者が釈然としない気分を味わいました。多くの批評家がこの作品をアンフェアだと見なしたのは、先ほど述べたとおりです――語り手は意図的に無知を装って、まずはグッドフェローの肩を持ってペニフェザー犯人説（つまりはグッドフェロー無罪説）へと読者を誘導した。それを最後にひっくり返すなんて。しかも語り手自身が、自分の不自然さに気づいていないようだ。これはけしからん。所詮、この作品は推理小説のパロディーにすぎない……。しかし、そう評価するのは早すぎたのでした。

読者が最後に物語全体を振り返って、語り手の不誠実さを感じとるのはポーも予想していたでしょう。いやそれどころか、そのような反応を計算に入れて、語りの不自然さを作品の欠点ではなく必要不可欠なものにすることを思いついていたのだと思います。読者が気づくべき問題は「語り手の落ち度」の先にこそあるのです。ポーから読者への出題は「さて、語り手の怪しさを感じたのなら、同時にもう一つ何かに気づきませんか？」というものだったはずです。

もちろんそれは、グッドフェローの語りのことです。この物語の中には「アンフェアな語り」がもう一つあったのでした。結局、語り手も（語り手が造形する）グッドフェローも、ある人物を擁護して無罪性を主張しながらも、その目的は逆で、有罪性の立証にありました。二人は共にこのようなねじれを抱えながら、聞く（／読む）者たちを操ろうとした、というのがこの物語の構造なのです。

半端な試み

二人の語りの怪しい関係を私が確信したきっかけは、次の引用で使われた一つの語句でした。池からペニフェザーの血染めのベストが見つかった後の出来事です。

そんなわけで、ペニフェザー氏はその場で逮捕され、群衆はさらに捜索を行った後、容疑者を拘留して帰途につきました。しかし、その途中で、さらに容疑を決定づける一つの出来事がありました。グッドフェロー氏は熱心さのあまり常に捜索隊の少し先を行っていたのですが、突然、前へと数歩走っては身をかがめて、どうも草むらから何か小さな物体を拾い上げたように見えたのです。さらに、それを素早く調べて、自分のコートのポケットにちょっと隠そうと半端に試みる姿が見えました。私が言ったとおり、この行為は見とがめられ、未遂に終わりました。拾い上げられた物体はスパニッシュ・ナイフで、それがペニノフェザー氏のものであると見て分かる人は十人以上いました。その上、ナイフの柄には彼のイニシャルが刻んであったのです。ナイフの刃は開いていて血がついていました。

ここで語り手は、グッドフェローがペニフェザーを弁護するように見せながらも逆の意図を持っていたことをほのめかしています。血のついたペニフェザーのナイフをグッドフェローが見つけ、それを隠すかのようにポケットにしまおうとする。しかし、語り手によれば、それは本気ではなく、単に「半端［な］試み」(half attempt) に過ぎなかったと言っています。ペニフェザーに不利な証拠を隠すようなふりをしながら、そのナイフに村人たちが気づくように誘導した、ということです。

ここで語り手がグッドフェローに対して使った half attempt という表現に注目すれば、これがグッドフェローだけでなく、むしろ見事に語り手自身に当てはまることに気づくのではないでしょうか。まさに語り手がグッドフェローの善良さを主張したり弁護したりしてきたやり方もまた

「半端な試み」と呼ぶべきものだったからです。

多くの批評家が指摘する語り手の不誠実さは、それ単独で存在するなら、意のままに読者を操ろうとするアンフェアなものかもしれません。しかし、それが同時に、村人たちを操るグッドフェローの姿と平行して提示されているなら話は別でしょう。語り手の語りを、その中にあるもう一段小さな語り、すなわちグッドフェローの語りとのつながりの中で理解するならば、語り手のアンフェアネスは、とたんに作品の欠点ではなくポーの戦略的な創造として輝き出します。

この物語の中で語り手が描きつづけたグッドフェローのペニフェザーに対する策略的な雄弁術は、語り手がグッドフェローに対して行った欺瞞的な語りの鏡像になっているのです。そして二人の間にある鏡像関係に気づくと、語り手の「アンフェア」な語りの裏にも、グッドフェローの語りが隠していたとされる意図——無実の者に自分の罪を被せること——があると推論できる。つまり、グッドフェローの「策略」を通して語り手の策略が可視化される。すると、読者は語り手の裏をかいて勝利することができるわけです。

だとすれば、語りの不誠実さは作品の欠点などではなく、むしろ読者が事件の真相にたどり着けるようにポーが与えてくれた不可欠な手がかりだった、と言えるでしょう。二人の間にある鏡像関係に気づくか否かが、ポーが読者に仕掛けた知的勝負の本質だったのだと思います。

言い方を変えれば、語り手の「アンフェアネス」によって、ポーは物語全体が読者に対してフェアになるようにしていたわけです。このような語りの仕組みを作ったポーの天才ぶりには驚かされます。

半端な語り手

ここは大切なところなので、「犯人」とされたグッドフェローではなく語り手の「半端な試み」をさらに確認したいと思います。

あらためて物語の序盤に戻ってみると、そこで語り手がグッドフェローの善良さを主張する語り方が、いきなり半端になっていることが分かります。次の通り、語り手には誠実さが欠けています。

捜索を始めるに際して、一番前向きで意欲的だったのは、シャトルワージーさんの親友、チャールズ・グッドフェローという方で、皆さんから「チャーリー・グッドフェロー」とか「気さくなチャーリー・グッドフェローさん」とか呼ばれていました。それにしても、これは驚くべき偶然の一致というべきか、あるいは名前自体が人格に微妙な影響を及ぼすのか、私にははっきり分からないのですが、しかし、疑い得ない事実として、チャールズという名の人物なら誰でも、寛大で、勇ましく、正直で、温厚で、心が広くて、聞き惚れてしまうほど声が朗々としてよく通り、眼はまっすぐにこちらの顔を見て、まるで「私の良心には一点の曇りもなく、誰かから逃げることもありませんし、邪悪な行いなど切いたしません」と言いたげなのです。そんなわけで、演劇では典型的な紳士がほぼ確実にチャールズという名前なのです。

この後すぐに、グッドフェローが捜索に「前向きで意欲的」どころか非常に後ろ向きだったことが語られるのも、語り手の一つの矛盾ですが、今の私たちの議論に大切なのは、語り手がグッドフェローを読者に紹介するに際して、ほとんどふざけているように見えることです。グッドフェローが「寛大で、勇ましく、正直で、温厚で、心が広［い］」ことの理由はその名前にある、というのはあり得ない因果関係です。にもかかわらず、それを大げさに「疑い得ない事実として」断言しています。

このように、物語開始直後に、語り手がグッドフェローを持ち上げる際にあきれるほどでたらめであることが描かれます。それは初めからポーが、後に語り手が描くグッドフェローの不誠実さ――表向きはペニフェザーを弁護しつつも、逆効果になるような話し方や行動をする――と語り手の間に鏡像関係を作り上げる計画だったことを示唆しています。

さらに語り手の「半端な試み」は、グッドフェローの（単なる名前ではなく）真の素晴らしさを語らねばならないとき、印象的な形で露わになります。それは捜索方法を巡って、グッドフェローとペニフェザーが対立し、結局、人々がグッドフェローの提案に従うという場面です。

間違いなく言えるのは、主にペニフェザー氏に説得されて、ラトルボローの住人たちが近隣一帯に分散して行方不明のシャトルワージーさんを捜そうとついに決断したことです。当初はこのように決断した、と私は申し上げます。捜索の開始が完全に決まると、当然のごとく捜索隊は分散するものと思われました——つまり、地域一帯をくまなく捜索するために、いくつものグループに分かれるということです。しかし、「気さくなチャーリー」がどんな巧妙な理屈でもってしたのか、私はもう覚えていないのですが、それが取りうる最悪の捜索計画だと人々を最終的に説得したのです。とにかく、人々を納得させました——ペニフェザー氏を除いて全員を。そして結局、「気さくなチャーリー」を先頭にして、住人たちが一団となり、注意深くそしてぬかりなく捜索が行われるよう取り決められました。

ペニフェザーの策略は、すばやく現場に到着して殺人事件を確立することを必要としていた——このことはすでに述べました。一方、グッドフェローは住民が一団となって捜索するという実に時間のかかる方法を提案します。これは、事件の露見を先延ばししようとする怪しい提案ではなく、少し考えれば分かることですが、まだ犯人が誰か分かっていない段階では実に真っ当な捜索方法です。たとえば後にアガサ・クリスティの『そして誰もいなくなった』でも、登場人物全員に等しく犯人である可能性があるケースが描かれていて、彼らは互いを見張り合うことになったのでした。同様にグッドフェローも村人たちに向かって「まだ誰が犯人かは不明なので、住民全員が容疑者であり、それゆえ全員が集団になって捜索することで誰一人として単独行動しないようにする必要がある」という趣旨のことを語ったに違いありません。この理屈には、グッドフェローの落ち着いた知性がよく表れているはずです。だからこそ住人たちは、ペニフェザーの提案を退けて、グッドフェローに従ったのでしょう。

しかし、語り手はそれを「巧妙な理屈」と形容しつつも、なんと「もう覚えていない」と言って、その内容を語ることを拒否するのです。物語の語り手としてはあるまじき記憶の欠如に訴えてまで、彼はグッドフェローの知性を示すエピソードの全てを語らず、「半端な試み」で済ませてしまったのでした。

皆さんは覚えているでしょうか。捜索時に単独行動をした人物がこの物語の中で一人だけいたことを。それは語り手本人でした――「私は一人でシャトルワージーさんの死体を懸命に捜しました。私にはちゃんとした理由があって、グッドフェロー氏が捜索隊を連れて行った場所から可能な限り逸脱した場所を捜したのです」。前にこの箇所を引用したときには、グッドフェローが犯人ならむしろ捜索隊をいち早く現場に連れて行く必要があったことを挙げて、語り手の矛盾を指摘しました。しかし、もっと単純に語り手の怪しさがここに露見しています。なぜか語り手だけが単独で捜索していたのです。語り手にはこのような事情が裏にあるので、グッドフェローが単独行動を許さなかった理由を語ることができなかった。だから忘れたことにするしかなかった、ということでしょう。ポーの芸は細かいのです。

語り手自身の「半端な試み」は事件現場発見を巡る次の箇所にも表れています。ここでは二つの矛盾するシナリオ――「グッドフェローは犯人なので犯罪の発覚を遅らせようとする」という常識的な前提と、「グッドフェローはペニフェザーをスケープゴートにするために殺人事件を成立させねばならない」という物語が要請する理屈――が衝突してしまっています。

そして捜索は一週間近く、昼夜を通して絶え間なく行われました。にもかかわらず、シャトルワージーさんの痕跡を何一つ見つけられません。何一つ、と私が言っても、文字通り厳密にしゃべっていると受け取ってはなりません。痕跡は、ある程度はもちろんありました。あの不幸な紳士の足取りは、特徴のある馬のひづめの跡を頼りに町から東に約三マイル、町へと続く本道上の地点までたどれました……

この場面に至るまで、語り手はグッドフェローを普通の殺人者――事件の発覚を阻もうとする――として描いてきたので、グッドフェローが先頭に立って捜索しても「シャトルワージーさんの痕跡を何一つ見つけられません」という結果にならねばなりません。しかし、次の瞬間、物語の語り手としてはあるまじきことを言います――「何一つ、と私が言っても、文字通り厳密にしゃべっていると受け取ってはなりません」。しれっとこんなことを言って、語り手は急激な方向転換を図るのです。そして、ここから殺人事件の発覚へと筋を展開していきます。この瞬間、殺人事件の成立こそが、自分が後に主張するグッドフェローの陰謀には必要だったことに、語り手自身が気づいたのでしょう。あるいはこの瞬間に覚醒したわけではないにしても、いつかシナリオをすり替えねばならぬことを語り手は自覚していて、この時点で、自分の語り手としての信頼性を一時的に犠牲にしてまでも、路線変更を無理矢理に実行したのです。「まぁ私の言うことは話半分で聞いてね」という趣旨の発言は、語り手がグッドフェローのまっとうな捜査を私たちに伝える行為が「半端な試み」に過ぎないことを、はしなくも露わにしているのです。

マトリョーシカ

このように語り手がグッドフェローについて語るときに度々顔を出す不誠実さが、グッドフェローがペニフェザーを擁護する「半端な試み」と鏡像関係にあることを、見事に示している場面があります。それは、殺害現場の池からペニフェザーのベストが発見された直後になされるグッドフェローの語りです。ペニフェザーが容疑者として浮上すると、グッドフェローは表向きペニフェザーを弁護しますが、同時に彼が「相続人」であることも口走り、逆に村人たちの疑いを煽っていく、とされる場面です。語り手はグッドフェローの「半端な試み」を次のように説明していました。

「気さくなチャーリー」が……容疑者のために熱心にがんばったにもかかわらず、結局は、いろいろと口を開けば開くほど話を聞いている人々の信用を失わせていくという、意図せぬ直接的な傾向があったのです。結果的に、容疑者を弁護しようとしても、すでに疑い始めた人々をさらにけしかけ、群衆の怒りの炎に油を注いでしまったのです。

ここで明確に、語り手はグッドフェローの語りの二重性を際立たせています。事実として、グッドフェローはペニフェザーを弁護しながらも攻撃することになった。では次に、私たちは、グッドフェローから語り手の方に視点をずらして、「グッドフェローがどのようにペニフェザーについて語っていたか」ではなく、同じ場面で「語り手がどのようにグッドフェローについて語っていたか」に注目してみましょう。語り手が言うには──

グッドフェロー氏の寛大さは対照的だったゆえにいっそう鮮やかに輝くこととなりました。ペニフェザー氏を弁護する彼の言葉は温かくて実に雄弁で、この若い荒くれ者──すなわち「立派なグッドフェロー氏の相続人」──を心の底から赦す、と一度ならずも口にしました。……そして自分自身（グッドフェロー氏）としては、口にするのも遺憾ながら、この疑わしき状況はペニフェザー氏に実に不利になっていますが、そこを突き詰めるのでは全然なくて、自分（グッドフェロー氏）は力の限り努力して、なけなしの雄弁さでもってして、して、して、ですね、良心の赦す限りにおいて、たとえ非常に困ってしまうようなこの一仕事での最悪の局面をも、なんとか和らげたいものです、と言いました。

グッドフェローさんの頭と心の良さはたいしたもので、こんな調子で半時間も話し続けました。しかし、心の温かい人々というのは口べたなもので、必死に友人の助けになろうと慌てているときなどは、つっかえたり、食い違ったり、言い間違えたりするものです。そんなわけで、ひたすら親切にしようと意図しているのに、その目的を推し進めるよりも果てしなくさらに損なってしまうのです。

ここでグッドフェローの語り方（「口べた」で、「つっかえたり……言い間違えたりする」）が鏡のように、私たちがすでに確認した語り手らしからぬ語り方（「覚えていな」かったり、前言撤回したり）を映し出しているだけではありません。注目すべきは、このとき語り手自身が、グッドフェローの善良さを主張していることです。語り手は重ねて「グッドフェロー氏の寛大さ」や「グッドフェローさんの頭と心の良さ」を口にしています。このとき語り手の言葉は、「ペニフェザー氏を弁護する彼［グッドフェロー］の言葉」と重なっているのです。

そして、語り手は同時に、グッドフェローの隠された邪悪さ――わざわざペニフェザーが「相続人」であることに触れている――も匂わせています（ちなみに私たちの結論から逆算すれば、ここでのグッドフェローにはそのような意図はなく、ただ結果的に口を滑らせて悪い結果を招いたに過ぎないことになります。ちょうど彼が捜索開始を遅らせようとしたことに裏の意図などなかったように）。他方、ここでの語り手に邪悪な意図――グッドフェローの「言い間違［い］」を「不可解きわまる間違い」としてことさらに記述することで、読者がグッドフェローに対して疑念を持つよう誘導したい――があることは明らかです。結末で語り手はグッドフェローが犯人だと明かすのですから、その（虚偽の）「真相」を読者が後に受容するよう、ここで下準備をやっているわけです。語り手のこのようなほのめかし方が、グッドフェローがほのめかしで村人たちを誘導している（とされる）やり方と双子の関係にあると気づくことが、読者にとって大切なのだと思います。

というのも、ここに鏡像関係に対するポーの異常なほどの鋭敏さが表れているからです。「グッドフェローがペニフェザーを弁護しつつ攻撃する」様子を語り手が語っているとき、そこに被せるようにして「語り手がグッドフェローを持ち上げつつ貶める」様子をポーは同時に描いているのです。ここはロシアのマトリョーシカ人形のような入れ子構造になっていて、語り手の語りという器の中に、それとそっくりなグッドフェローの演説（語り）が入っている。

しかし、私が「異常なほど」と言ったのは、話はもう一段複雑だからです。実はポー自身が、このマトリョーシカ人形的な場面に参加して、もう一つ大きなマトリョーシカも提示しているように思われるのです。

ポー自身の「書き間違い」

注目すべきは、語り手があげつらった「立派なグッドフェロー氏の相続人」というグッドフェローの言葉です。訳注にも記したとおり、この部分はこのままでは文脈にそぐいません。ペニフェザーはシャトルワージーの甥っ子ですから、グッドフェローの相続人ではなくて、正しくは「シャトルワージー氏の相続人」と記述されるべきです。ところがポーは同じページで、もう一度ペニフェザーのことを「グッドフェロー氏の相続人」と繰り返しました。マボットをはじめとする編集者たちは、どちらもポーの書き間違いに過ぎないと判断し、現在の全集では二ヶ所ともグッドフェローではなくシャトルワージーの相続人に直されています。

たしかに、ペニフェザーが「立派なグッドフェロー氏の相続人」であることは、血縁関係の記述としては間違っています。しかし、驚くべきことに、ポーはこの部分に関して語り手にこう言わせていたのです――「彼［グッドフェロー］が雄弁を振るっているときに犯してしまった不可解きわまる間違いの一つは、容疑者を『立派な老紳士、グッドフェロー氏の相続人』と呼んだことです」。

こんなことがあり得るでしょうか。編集者たちがポーの書き間違いだと見なした部分を、物語の語り手自身が「不可解きわまる間違い（errors）の一つ」と呼んでいるのです！　物語上のグッドフェローの間違いが、同時に、ポーの書き間違いでもあった。こんな一致が偶然であるはずがありません。一体、何が起きているのでしょうか。

物語を結末まで読んでから再読している私たちとしては、グッドフェローの「間違い」には隠された意図――自分の聴衆（村人たち）がペニフェザーの犯行動機に気づくようにして、「真相」へと誘導すること――があった、と語り手がこの時点でほのめかしていることが分かります。先ほど論じたとおり、グッドフェローは口を滑らせたように見せかけながら、ペニフェザーが「相続人」であることを聴衆に知らせたのだ、ということです。

ならば同様に、ポー自身の「間違い」にも似たような意図があるのではないでしょうか。血縁の事実通りにペニフェザーを「シャトルワージー氏の相続人」と呼ばずに「グッドフェロー氏の相続人」と書いたのは、ポーがある真相を自分の聴衆（読者）に匂わせるためだったのではないでしょうか。

そう考えると、私たちは気づきます。たしかにペニフェザーはグッドフェローの相続人でもあったのです。最終的にペニフェザーが相続したのは、シャトルワージーの遺産だけではありません。物語の結末で、シャトルワージー同様にグッドフェローも死んでいます。王が死んだ後に王子が王位を引き継ぐように、そのときペニフェザーは死んだグッドフェローから特別な地位を相続していたのでした。それは、いわば「完全犯罪者」という称号です。結末で語り手が明かしたのは、グッドフェローがシャトルワージーを殺したにもかかわらず、その罪をペニフェザーに着せようとした、という「真相」でした。もしも語り手があの「奇跡」で介入しなければ、グッドフェローの自白は実現せず、その結果ペニフェザーは死刑になり、グッドフェローは（語り手の「真相」通りなら）完全犯罪者として生きていくことができた。しかし、実際には語り手はグッドフェローを殺した。そこで、それまでグッドフェローが占めていた地位をペニフェザーが「相続」して、語り手と共に完全犯罪の達成者として「新しい人生を幸せに送」ることになった、ということです。この意味で、ポーの「書き間違い」は早々に真実を伝えていたのです。

こうして明らかになった「エラーの三層構造」をまとめましょう。一番下の層では、グッドフェローが言い間違いによって真実（犯人はペニフェザー）をほのめかす。中間の層では、語り手が語りのいい加減さ（忘却や前言撤回や誇張）を通して、自分に都合のよい真実（犯人はグッドフェロー）へと読者を誘導する。そして一番上位の層では、ポーが「書き間違い」を装い、事件の真相を暗示する。このように複雑な鏡像関係を、ポーは「[ペニフェザーは]グッドフェロー氏の相続人」という半ばふざけた言葉を通して、この場面で築き上げていたに違いありません。

しかし、その冗談《ウィット》はポー全集の編集者たちには通じませんでした。その結果、一番大きな「マトリョーシカ」はテキストから削除されてしまいました。さらに、批評家たちが議論の的にしたのは、二番目のマトリョーシカ（語り手の欺瞞性）ばかりでした。だからこそ、この物語がフェアなのかどうかということが問題になったのです。しかし、二番目のマトリョーシカは、それ単独ではただの人形にすぎず、その値打ちが正当に評価されたことにはなりません。それが一番目の人形――（語り手が作り上げた）グッドフェローの語りの欺瞞性――と相同関係にあることが認識されて初めて、人形はマトリョーシカになれるのです。

入念に作られたマトリョーシカを、人はただの不出来な人形だと思ってしまう――単独の事象を井戸のように深掘りするが、視点を水平方向にずらして他の事象との関係を発見しようとはしない――人がそんな認識の失敗を犯しがちであることを、ポーは百も承知でした。だからこそ、ポーは語り手自身をそのような認識の罠にはめることになるのです。つまり、語り手自身も自分の策略的な語りに夢中になるばかりで、その縮小ヴァージョンが物語の中に存在してしまっていることに無自覚なのです。

敗者の盲点

言い換えれば、このような認識の穴を語り手の物語にうがつことで、ポーは読者との戦いをフェアなものにしていたのでしょう。読者にとってこの物語はけっして無理なゲームなのではなく、語り手の盲点に気づけば勝つことのできる勝負だったのでした。

結局、最終的に語り手が私たちに負けてしまう根本的な原因は、彼が鏡像関係を見落としていることにあります。自分が犯人として仕立て上げようとしたグッドフェローが、自分自身のコピーになってしまっている。この危険な鏡像関係に、語り手はまったく気づいていません。そのおかげで私たちは、グッドフェローの「語りの策略」を観察することで、語り手自身の語りにも一つの策略があったことを確信できるのです。グッドフェローのヘタウマな雄弁術——訥々《とつとつ》とペニフェザーを弁護しながら上手に攻撃する——が、語り手のヘタウマな語り——グッドフェローの善良性を下手くそに主張しながら最後は見事に有罪性に着地する——を映し出す鏡であることに気づけば、連鎖的に、ペニフェザーを自分の代わりに殺人犯に仕立て上げようとした（とされる）グッドフェローの策略も、語り手の隠された策略を映し出しているはずであることが見えてきます。つまり、語り手もまた、グッドフェローをスケープゴートとして利用したに違いないということです。

語り手はまんまとグッドフェローを陥れたわけですが、その顚末をグッドフェローの策略も含めて誇らしげに語ることで、自分自身の策略を私たちにさらすことになったのです。語り手自身は、このような鏡像関係に気づいていない。そんな盲点こそが、知的勝負としてのこの作品最大の仕掛けであると言っていいでしょう。

語り手はその他の面においてはたいへん知的です。後に議論する「盗まれた手紙」のD大臣より上でしょう。大臣は結局、自分が隠したものをデュパンに見つけられてしまうわけですが、他方、この語り手は自分が隠している真実（シャトルワージー殺しの犯人がグッドフェローではないこと。さらに、グッドフェローを自分が殺したこと）を、村人たちに見つけられることはありません。また大臣は手紙の持ち主の面前で手紙を盗み、次いでデュパンも大臣の鼻先で手紙を盗み返しただけで、どちらの場合も欺いた相手は目の前にいた一人です。しかし、この語り手は村人たちが集まった夕食会という衆人環視中で、窃盗どころでなく殺人を成し遂げています。「盗まれた手紙」で演じられたデュパンと大臣のだまし合いが小さく見えてしまうほど、この語り手はハイレベルな犯罪者なのです。しかし、繰り返せば、彼は一つだけ致命的な失敗を犯した。彼は自らの語りの中で、グッドフェローが自分のコピーに仕上がってしまったことには気づかなかった。つまり、語り手は自身とグッドフェローの鏡像関係を見落としたのでした。

なにかのコピーであるものを正しくコピーとして認識できないこと――これがポーが描く知的勝負における敗者の法則です。「犯人はお前だ」を巡る私たちの議論の締めくくりに、このことを確認しましょう。

この物語で実際に描かれる敗者は、「ラトルボローの奇跡」の真相を知ることのない村人たちです。彼らは語り手の腹話術にまんまと騙され、シャトルワージーの「復活」を未だに信じ続け、さらには、グッドフェローが実際に「自白」したものと思っています。

物語の最後の数行で、語り手が「死体にしゃべらせた言葉は、自信を持って腹話術という私の特技に賭けたのです」と明かしたとき、多くの読者はあきれてしまったかもしれません。そんな特技を語り手が持っているとは初耳で、これではあまりにご都合主義的な結末ではないか、と憤ったことでしょう。たしかに、一見ふざけた結末です。しかし、実際にはそうではなくて、この腹話術こそがポーの他の作品でも形を変えて表れ続ける、いわばポー文学の核心であることを、私たちは後に見ていくことになるでしょう。

実際、この物語でもあの腹話術ほど、誰がだまされて誰が真相にたどり着くのかという知的勝負の分かれ目を前景化していたものはありません。

まず語り手は腹話術を使って、シャトルワージーの死体に「犯人はお前だ」と言わせました。このとき村人たちとグッドフェローが聞いた声は、当然、死体オリジナルのものではありません。しかし、語り手がコピーしたにすぎない声を、彼らはオリジナルの声だと勘違いしました。だから彼らはパニックに陥った――死体復活の謎を解こうとせず「奇跡」を真に受けたのです。その直後、今度はグッドフェローが「自白」を始めました。ここでは読者も試されていました。そのとき読者が聞いた声――事件の詳細を明かすグッドフェローの声――は果たして本当にオリジナルだったのか、それともコピーだったのか。そう問えるかどうかが村人たちだけでなく読者の運命の分かれ目でもありました。この場面を読んでいる最中には無理でも、結末でシャトルワージーの死体の声が腹話術だと知ったあとに、再び戻ってきて、この問いを発せられるかどうか。そして、シャトルワージーの声同様に、グッドフェローの自白の声も「コピー」にすぎないと気づけるかどうか。これが勝負の肝であったのです。

チャールズ・ブロックデン・ブラウンの小説『ウィーランド』(1798)には他人の声音をそっくり模倣できる腹話術師が登場します。ポーがブラウンの腹話術師に影響をうけていたことは間違いないようです。[*8] 実際、「犯人はお前だ」でも、さりげなくグッドフェローの声の特徴が語られていました――「寛大で、勇ましく、正直で、温厚で、心が広くて、聞き惚れてしまうほど声が朗々としてよく通り……」。腹話術師である語り手は、グッドフェローの死体にしゃべらせながら、「聞き惚れてしまうほど……朗々としてよく通」る声も巧みにコピーしていたに違いありません。そうすることで、オリジナルとコピーは限りなく見分けづらくなっていた。その意味で、この腹話術は強引でも安易でもなく「犯人はお前だ」の核心に関わるトリックであったと言えるでしょう。

振り返れば、この物語全体の謎も、そっくりな二つの筋書きの混乱が作り出していたのでした。語り手が差し出した真相——探偵役のグッドフェローがペニフェザーを犯人に仕立て上げて完全犯罪を成し遂げようとした——は、本物の真相——探偵役の語り手がグッドフェローを犯人に仕立て上げて完全犯罪を成し遂げた——にそっくりなコピーでした。しかし、村人たちはコピーの筋書きをオリジナル（真実）として受け取った。また、さらには腹話術で見事にコピーの声を操っていた語り手自身も、この二つの筋書きの鏡像関係には盲目だった。コピーをコピーとして認識できない——ポーの描く認識の落とし穴は、ここにあったのです。

ならば結局、ポーにとって謎を解くとは、オリジナルとコピーの正しい関係を見いだす、ということなのかもしれません。

これを逆に言うと、今、私たちはポーが謎を作るときの方法を知ってしまったのかもしれない、ということです。

つまり、ポー自身、登場人物や読者を謎で惑わそうとするときに、鏡像関係におけるオリジナルとコピーを入れ替えるのでしょう。まるで物理的な鍵を右にひねれば錠を閉められるように、ポーは鏡像関係をねじることで解きがたい謎を作る。これがポーの創作の原理かもしれない。もしそうなら、謎を解くには左にひねり戻せばいいはず……。

第五章　もう一つの完全犯罪

「犯人はお前だ」を読み解くことで、私たちはポーが読者に謎をかけるときに使う鍵――二項の間に鏡像関係を作り、オリジナルとコピーを入れ替えること――を手にしたのかもしれません。今度はその鍵を逆に回すことで、さらなる謎が解けるか試してみたいと思います。さて、その鍵はどれほどスムーズに謎の扉を開いてくれるでしょうか。

そんな試みに最適な物語が「のこぎり山奇談」あるいは「鋸山奇譚」として知られる〝A Tale of the Ragged Mountains〟です。奇しくも「犯人はお前だ」と同年に発表されたこの作品はもう一つの完全犯罪を描いており、その真相も解明されぬままになっていると思います。

「のこぎり山」は、催眠術にかかった患者が山へと散歩に出かけ、そこで五十年ほど前のインドにタイムスリップして先住民の反乱を幻視することになるという、少々異色な物語です。そのせいか、ポーのオリジナリティーには疑問符が付いていて、研究者のボイド・カーターによると、ポーの前の世代に属する作家、チャールズ・ブロックデン・ブラウンによるゴシック小説〝エドガー・ハントリー』（1799）に強い影響を受けて書かれたようです。[*9] ポーがブラウンの小説から拝借した題材は、夢遊病、インドでの友の死、輪廻などで、さらに「のこぎり山」での出来事――アメリカ・ヴァージニア州の山なのにハイエナやインドの現地人が出現します――や情景描写も、ほとんどブラウンの小説から書き写したと思われるほど酷似している、とのことです。すでに1820年代にはブラウンの知名度は非常に高まっており、先述の『ウィーランド』などの代表作とともに『エドガー・ハントリー』は米国のみならずヨーロッパでも広く読まれていました。ですから、当時の読者はポーがブラウンの小説から借用していることに容易に気づいたかもしれません。ならば、なぜポーはすぐにバレてしまうようなことをしたのでしょうか。

カーターによると、「ポーはブラウンの『エドガー・ハントリー』に魅了されていた」からだ、ということですが、はたしてそれだけでしょうか。その小説の訳者の八木敏雄氏は、そもそも作家の独創性とは従来の素材を「新たに組み合わせる」ことにあるというのがポーの持論でもあるのだから、ブラウンからのポーの借用は「さしたる負債ではない」と、ポーを弁護します。[*10] これは創作論としては正しいかもしれません。しかし、この件に限れば、ポーがブラウンの小説から多くを書き写した理由は、その行為があからさまであること自体に隠されているように思います。ポーは、まるで自分がオリジナリティーを放棄したかのように書いた箇所を、むしろ読者に気づいてもらいたい、と望んでいたのではないでしょうか。

普通の作家なら隠したいことをポーが目立たせたかったとすれば、それはなぜか。もうお分かりでしょう。この作品でもポーはオリジナルとコピーの問題をもてあそんでいるに違いないのです。

さて、「のこぎり山」は1844年4月の発表です。一方、「犯人はお前だ」は同年5月には第一稿ができていたとされています。このような時系列から、「のこぎり山」が「犯人はお前だ」の原型のような物語だった可能性が自然に浮かび上がるでしょう。実際、完全犯罪の物語としての「のこぎり山」の謎の難度は、「犯人はお前だ」と比べてかなり低くなっています。

そもそも「のこぎり山」の結末は、読者を謎解きに誘うかのように、暗示的なものにとどまっています。語り手がある真相に気づいたようには見えるのですが、しかし、それが何なのか、はっきり分かりやすく語られることはありません。デュパンのように事件の全容を最終的に説明してくれたりはしません。

ポーは期待していたのでしょう——結論を寸止めにしておけば、読者は謎解きに乗り出して、じきに「のこぎり山」が未解決殺人事件の物語であることに気づくであろう。そうすれば、このあと出る「犯人はお前だ」でさらに複雑な未解決殺人事件を前にしても、そっぽを向くことはないであろう。作家との知的な真剣勝負を実現してくれるだろう。よし、これで自分のもくろみは実現する。「推理の物語」（ポーは探偵小説をそう呼んでいました）を超える新ジャンルの誕生だ。そんな計画と野望が多分あったはずです。

では、もう一つの完全犯罪の物語（に違いない）「のこぎり山」のあらすじをたどっていきましょう。

「のこぎり山奇談」あらすじ

物語の中心人物は、神経痛を病んでいるベドロー（Bedloe）と医者テンプルトンです。語り手はまず病気で変貌してしまったベドローの異様な外見について語ります。手足が妙に長くてガリガリで、笑うと歯がひどく露出し、眼はどんよりとしていて、まるで死体のようです。かつては美男子だったようなのですが。さて、その昔ベドローと出会ったテンプルトン医師は、以来、得意とする催眠術を使って治療を続けてきました。長きにわたる治療によって、二人の間には「非常に明確で強く際だったラポール（実験者と被験者の間の信頼できる感情的つながり）」[*11]ができていて、テンプルトン医師は思いのままにベドローに催眠術をかけられるほどでした。

ある小春日和の朝、ベドローは常用していたモルヒネを大量に摂取した後、「のこぎり山」と呼ばれる丘陵地帯へと散歩に出かけます。しかし、日が暮れても戻ってきません。心配した語り手たちが捜索に出ようとしていた矢先、ベドローは現れ、そして山で経験した不思議な出来事を医師と語り手に語って聞かせます。ベドローによると――

その朝、ある渓谷に迷い込み、霧が立ちこめてきて方向感覚を失った。その後、太鼓の音が聞こえたかと思うと、突然、浅黒い肌をした半裸の男が駆け抜け、その後をハイエナが追っていった。見上げると椰子の木が生えていた。暑さを感じると共に、川の流れの音や、大勢の人々の声がぼんやりと聞こえてくる。すると、魔法使いが杖を一振りしたかのように風が吹いて霧が晴れ、眼下には大河と東洋風の町が広がっていた。

夢のようだが現実だったと述べるベドローに、テンプルトン医師は話を続けるよう促します。

医師が「君は立ち上がって町へと下りていった」と言うと、ベドローはひどく驚いた様子で医師を見つめ、さらに続けます——

町では大変な抗争が起きていて、イギリス風の制服を着た人々に率いられた小隊が、大勢の人々を相手にしていた。私は武器を手にして前者に加勢した。戦いの中で、右のこめかみに毒矢が刺さった。ヘビの形をした矢だった。そして私は死んだ。

医師はもう一度「続けなさい」とベドローに言います。ベドローは語ります——

急に電気ショックがあり、矢が刺さった自分の死体が足元にあった。その後、町を出て、ハイエナがいた渓谷に戻ると、そこで再び電気ショックを感じ、「元の自分」に戻った。夢とは思えない経験だった。

ベドローが語り終えると、テンプルトン医師は一枚の肖像画を差し出します。語り手はそれがベドローにそっくりであることに気づきます。しかし、絵の日付は1780年で、五十年近く前です。そこに描かれていたのは医師の友人オルデブ（Oldeb）で、二人は医師が二十歳の頃、インドで出会ったのでした。医師が初めてベドローを見かけたとき、オルデブそっくりなので声を掛けたのだと言います。

医師によると、1780年にインドのベナレスで起きた反乱の中、オルデブは毒矢に当たって死んだのでした。そんな当時の経験を医師が思い出しながらノートに書き記していたとき、山ではベドローが時空を超えて同様の体験をしていたわけです。

このようなベドローと医師の話を聞いた一週間後、語り手は「ベドロ氏（Bedlo）の死」を報じる新聞記事を目にします。記事によると、ベドローは風邪をひき、テンプルトン医師が患者のこめかみにヒルをあてがって瀉血《しゃけつ》を行った。しかし、医療用のヒルのなかに、その地域に生息する毒ヒルが紛れ込んでおり、医師は間違って毒ヒルの方をつかってしまった。その毒ヒルにはヘビのようにうねうね動くという特徴がある。患者はまもなく死んだ。以上のように記事は報じていました。

語り手はこの記事でベドロー（Bedloe）の名前が Bedlo と綴られていることに気づきます。新聞の編集者にそのことを問うと「単純な誤植です。世界中で Bedloe の名前は語尾にｅがあるもので、私も生まれてこの方、それ以外の綴りは知りませんよ」との答えです。そんな編集者への語り手の反応を記して物語は幕を閉じます――

「ということはだ」私は、きびすを返しながらつぶやきました。「ということは実に、真実は小説より奇なり、ということになるな。だって、ｅなしの Bedlo とは、Oldeb の反転に他ならないじゃないか？　この男は私にそれが誤植だって言うんだから。［950］

半回転すること

最後に語り手はきびすを返しています。かかとを支点にしてくるりと向きを変えています。この転回は、発見の動作です。後にポーは『ユリイカ』（１８４８）という宇宙論で、体を回転させて視点を転換する大切さを述べています。曰く、「エトナの山頂では誰もかかとで回転することを思いつかない」。それゆえ、全てを一望するという特異な視点を持つことができない。つまり、一点だけを見るにとどまり、他の点とのつながりを視野に入れることができない、ということだと思います。逆に言えば、ある事象は、それ単体ではなく、他の事象との関係において理解されねばならない。

ここでは、編集者がBedloという間違った綴りを、それ単体でしか見ていません。だから、その潜在的な意味をくみとることなく、単なる誤植としか思わない。ここで私たちは、この数ヶ月後にポー自身が犯したとされる「誤植」を思い出すでしょう。「犯人はお前だ」における「［ペニフェザーは］グッドフェロー氏の相続人」という言葉です。ポー全集編集者は、これを単なる間違いと見なして「シャトルワージー氏の相続人」と修正しましたが、やはりその判断には疑問が残るでしょう。一足先に誤植を過小評価した「のこぎり山」の新聞編集者はあきれられているのですから。

しかし、そんな編集者より一枚上であっても、語り手の認識には限界があるようです。正確には彼は回れ右をしただけですから、ポーの言う一回転とは異なって半回転しかしていません。彼はベドローの名の「誤植」をオルデブとのつながりにおいて把握することはできています。つまり、Bedloという綴りはOldebがひっくり返されたものだと気づきます。まさしく、鏡に映った像が左右を反転させているように、Bedloは Oldebの鏡像になっているということです。この鏡像関係に気づいていない編集者の鈍感さに比べれば、語り手の視野は広いですが、それも半回転分だけの優位なのかもしれません。

おそらくポーは最後の語り手の台詞に、かの編集者だけでなく語り手自身の盲点への皮肉も込めていたように思います。語り手は編集者に対して勝ち誇ったような態度を示しますが、彼自身にも記事の中で読み落としているものがあるからです。語り手は、もう一つの双子関係と、もう一つの「間違い」についてはは無頓着なのです。それゆえ、その裏にあるはずの真相を探ろうともしません。

その双子関係とは、医師の混乱を招いた二種類のヒルのことです。ベドローが死んだのは、医師が毒ヒルを医療用ヒルと取り違えて、患者のこめかみの血を吸わせたからでした。さらに、のたうつヘビに似ているとされた毒ヒルは、同じくヘビの形をした毒矢の鏡像でもあります。前者はこめかみに張り付いてベドローを殺し、後者はこめかみを射貫いてオルデブを殺しました。語り手はベドローとオルデブの鏡像関係を単に綴りの点からしか明示的に語っていませんが、二人は「毒ヘビ」に殺された点でも一致しています。こうして読者は、二人の鏡像関係を奇妙なほど似通った死に方も含めて理解することになります。

さらにこの新聞記事には、一つではなく二つの「間違い」がありました。一つはベドローの綴りの誤植で、これを見逃さなかった語り手は「真実」(二人が鏡像関係にあること)に気づいて驚きました。もう一つは、テンプルトン医師の医療過誤ですが、これを語り手は問題にしていません。いわば対になっている間違い(さらなる双子関係)を見落としたわけです。ですから誤植を紙面に載せた編集者を語り手は笑えないのです。そこで今度は読者が、医師の「間違い」に目を留めて、その意味を問わねばなりません——医師が毒ヒルでベドローを死なせてしまったのは、単なる過失なのか、それともその「間違い」の裏にはなにかが隠されているのか、と。

このようにポーは、語り手を鏡像関係に中途半端にしか気づかない者として最後に提示することで、読者がさらに謎を解くように促していたに違いありません。語り手は「Bedloe は Oldeb の生まれ変わりだったのだ」と思ったはずなのですが、そのことすら明示的に語られないのは、その先にまだ「真実」が残っているからではないでしょうか。この物語は、山でのベドローの奇妙な体験という謎が結末で解かれたように見せかけながら、実はそこが本当の謎の始まりになっているのだと思います。これは「犯人はお前だ」において、結末での語り手による殺人事件の謎解きが読者への新たな謎かけになるという構造と同じです。物語が終わったと読者が思う瞬間が、実は始まりなのです。

謎解きの試み

そこで、著名なポー研究者のG・R・トンプソンは、謎の解明に乗り出しました——「この物語で何が本当に起きていたのかを解明するための手がかりを数多くポーは仕込んでいる。ただ、それを指摘するデュパンがいないだけなのだ」と述べています。[*12] 自分がデュハン役を担って謎を解いてやろうという宣言です。

トンプソンによると——のこぎり山でベドローが経験したことを知った医師は大変な恐怖を味わった。なぜなら、それがかつてのオルデブの死と一致していたから。医師は、輪廻転生が現実のものでありオルデブの魂がベドローの中に蘇ったと感じ、死者の再来に恐怖した。そこで、ベドローを殺すことで、オルデブを再び殺したのだ。つまり、医師は二種類のヒルを取り違えたのではなく、意図的にベドローのこめかみ（temple《テンプル》）に毒ヒルをあてがった。医師の名前がテンプルトンであるのは読者をあざけるような洒落であり、物語の真相を探るようにとポーは読者に挑戦しているのだ。毒ヒルが吸い付いたテンプルとテンプルトン医師のつながりが示しているのは、ベドローが奇妙な体験をした後に死んだのは偶然ではなく、テンプルトン医師がベドローを殺したということだ。*13

今風に言えば、オルデブはゾンビで、ベドローとして蘇ってきたことを確信した医師がゾンビを殺した、という推理をトンプソンはしたわけです。こうしてトンプソンは、医師が殺人者であり、そのトリックの核心は二種類のヒルの双子関係にあるとしました。

しかし、すでに「犯人はお前だ」を読んでいる私たちは、トンプソンの謎解きに満足できないのではないでしょうか。たしかにこの物語で事の全容を知っているのは医師であって、語り手ではないので、医師の説明を疑うことは良いことです。「犯人はお前だ」の語り手は、自分だけが事件の真相を知っていることを誇っていました。その語り手が真犯人であったのと同様に、この医師が殺人者であることに私たちも同意していいと思います。しかし、医師が完全犯罪をなすために用いたトリックは、二匹のヒルという単純な「鏡像関係」だけではないでしょう。毒矢も含めて、毒ヒルに関する双子関係を見逃す読者はほとんどいないでしょうし、もう一つの鏡像関係、すなわちオルデブとベドローの不思議な関係には、語り手自身が気づきます。ですから、鏡像関係の発見自体は、この物語ではさほど問題になっているとは思われません。おそらく真の謎は他にあります。

私たちは「犯人はお前だ」の語り手の一枚上をゆくために、語り手とグッドフェローの鏡像関係を発見するだけでなく、さらに、どちらがオリジナルでどちらがコピーなのかを見極める必要がありました。「のこぎり山」の読者が行うべきことも同じなのだと思います。つまり、「テンプルトン医師は本当に二つのヒルをうっかり取り違えたにすぎないのか」という良識的な問題よりも、ポーの作品的には他に重要で特殊な問いがあって、それは、「ベドローとオルデブの二人のうち、どちらがオリジナルでどちらがコピーなのか」という問題なのです。

一見、この問いは愚かしく、答えも自明だと思われるかもしれません。「オルデブの方がベドローより先に死んで、ベドローとして転生したのだから、オルデブがオリジナルで、ベドローがコピーに決まっているではないか」、と。しかし、読者のそのような思い込みをポーは逆手に取っているのだと思います。「いや、時間は逆転できないのだから、後に生まれた方がオリジナルであるはずがない」というさらなる反論には、ふたたび「犯人はお前だ」が答えてくれるでしょう。あの語り手のトリックは、腹話術で死体が生き返ったように見せかけることでした。生まれてそして死ぬ、それが普通の順番です。語り手はそれをひっくり返したわけです。「のこぎり山」のテンプルトン医師も、過去と現在という普通の順番を反転させることで、完全犯罪を成し遂げたのだと私は思います。つまり真相は、最近死んだベドローが真のオリジナルで、先に死んだはずのオルデブの方がコピーにすぎなかったに違いありません。

実は、トンプソンに先んじること十五年、アメリカ探偵作家クラブの創始者の一人でもある著名な推理小説批評家アンソニー・バウチャーがこの物語に鋭い注釈を加えています。バウチャーは「のこぎり山」をアンソロジーの一編として『マガジン・オブ・ファンタジー・アンド・サイエンス・フィクション』誌に採録する際、この作品を「探偵はいないけれども読者がその役割を果たす推理小説である」と紹介しています。[*14] これだけだと、トンプソンと同じような発想のようですが、そうではありません。

バウチャーによると、インドでのオルデブの死を裏付ける証拠が二つともテンプルトン医師によって提示されていることが怪しい。それらはオルデブの肖像画と、インドでの体験を記した医師のノートだが、ベドローの話を聞くより前に、あらかじめ医師がそれら二つをその身に携行していたなどありえようか（しかし、専属医師がベドローと同居していたなら、これは特段不思議ではありません）。また、すっかりやつれている現在のベドローとオルデブがそっくりならば、医師がベドローに出会った当初、ベドローとオルデブの間の「奇跡的な相似」に驚くはずがない（この点は後に詳しく説明します）。肖像画をこれまで誰にも見せていなかったことも不自然だ。犯行動機は身寄りのないベドローの財産目当て、凶器は毒ヒルであり、医師は語り手に怪しまれることがないように、ヘビに似たインドの毒矢の話をでっち上げて、語り手が輪廻という超自然現象を信じるように誘導した。また医師は催眠術でベドローの山での体験を操作した。このようにバウチャーは読み解きます。

現在、推理小説家と批評家に与えられる「アンソニー賞」は、アンソニー・バウチャーの名を冠したもので、推理小説史上における彼の重要な地位を物語っています。しかし、彼の重要な読みは、ファンタジー・SF作品を集めた隔月刊雑誌に短い注釈として披露されたにすぎなかったので、研究者たちのレーダーに捕捉されることも、まして批評的な関心を集めることもなかったようです。それゆえ先のトンプソンもその存在を知らず、ゾンビ殺しのような読み解きにとどまったのでしょう。

私たちはすでに「犯人はお前だ」を読んでさまざまなことを学んでいます。その経験を踏まえながら、これからバウチャーの読みをさらに大きな文脈に位置づけることで、その正しさを傍証すると共に、足りない部分も補っていきましょう。そうすることで、ポーが作る謎の核心が、やはりオリジナルとコピーの反転であることを確認したいと思います。

物語の語り手は、新聞編集者の認識から一歩進んで、ペドローとオルデブの鏡像関係に気づきましたが、彼が思いつかなかったのは、その次に「二人のうち、どちらがオリジナルなのか」と問うことでした。語り手と違ってバウチャーは、オルデブは医師がでっち上げた架空の存在にすぎないと気づきました。私たちの議論の文脈で言い換えれば、オルデブの方がコピーであった、ということです。

私たちは、医師がオルデブの存在証明として差し出した肖像画を、まさにオリジナルとコピーの問題として受け取ることができます。肖像画自体はモデルになった人物の「コピー」であることは間違いありません。そして、絵の起源とされた人物（オルデブ）は、当然オリジナルであるはずです。しかし、ここでもう一歩踏み込んで、実は彼もまた「コピー」だったのではないか、と問えるか否かが大切なのだと思います。

バウチャーが注目したベドローの外見の変貌ぶりは、絵のモデルが五十年前のオルデブではなく現在のベドローであることを示唆しています。つまり、こういうことです。

もしも語り手が観察したとおり、その肖像画がベドローの特徴を非常によくとらえていて「奇跡的なほど正確な」ものであるのなら、肖像画に描かれている姿は、物語の現在である1827年のベドローにそっくりであるはずです。その容貌は、物語の冒頭で詳細に描かれているとおり、すでに病気でやせ細り、「長い間埋葬されていた死体」になぞらえられるほどのひどい状態です。しかし、かつてのベドローはむしろ美男子でした。病の発作のせいで、「人並みならぬ美しい姿」を失ってしまったのだと語り手は言います。だとすれば、「何年も前」に初めてテンプルトン医師がベドローに出会ったときには、ベドローはまだ美男子だったか、少なくともその面影を残していたはずです。にもかかわらず、医師は肖像画を見せながら、そのときのことを回想して「ベドローさん、私が初めてあなたに会ったとき、あなたがこの絵に奇跡的なほど似ていたので、あなたに声を掛けて友達になろうとしたのです」［949］と言っています。それが本当なら、オルデブとされる肖像画に奇跡的なほど似ているとされたベドローは、まだ美しさをとどめていたベドローでなければならない。これは語り手の観察――現在の醜いベドローと肖像画がうり二つ――と両立しません。私たちが語り手を信じるならば、医師の説明には矛盾があることになります。

医師は肖像画を差し出して「この絵の日付が、ほら、角のところに、ほとんど見えなくなっていますが、1780年であることが分かるでしょう。その年にこの絵は描かれたのです」［948］と言います。しかし、なぜそのように古い肖像画を、これまで長年にわたってベドローと生活を共にしていたにもかかわらず、一度も見せることがなかったのか、その理由を医師はうまく説明できません。彼は「説明できない恐怖の感情のせいで見せられなかったから」と言うのみです。まさに医師は、それを「説明できない」のです。

ポーはこのように、医師の矛盾やごまかしによって、この絵がそれほど古いものでもオルデブのものでもなく、現在のベドローに似せて描かれた可能性を示唆しているようです。だとすれば、時系列的には当然オルデブがオリジナルでベドローがその生まれ変わり（コピー）であるはずですが、実際の順序は逆で、現在のベドローの方がオリジナルで、彼の架空のそっくりさん（コピー）としてオルデブが創作されたことになるでしょう。

ちなみに、銀板写真として知られるダゲレオタイプの写真が発明されたのが、この作品が発表されるわずか五年前のことで、１８４０年代には写真という新発明品が大流行していました。したがって当時この作品を読んだ人々は、医師が差し出した水彩の肖像画が、正確に現実を映し出すダゲレオタイプではないことを特に意識したことでしょう。さらに銀板写真では像の左右が反転することが知られていたので、この肖像画の像も「反転」されている――Bedloe のはずが Oldeb に反転されている――と読者は連想しやすいだろうと、ポーは思ったのかもしれません。

オルデブという人物は、ベドローを反転させて作られたコピーにすぎない――この物語の超自然現象にはこのような裏があったに違いありません。語り手は輪廻を信じ込んでしまったようですが、それはバウチャーが指摘したとおり医師の作り話で、疑われることなくベドロー殺しを成し遂げるための策略でした。だまされた語り手は、「犯人はお前だ」を読んだ私たちからすれば、あの村人たちと同じです。彼らは犯人の術中にはまり、シャトルワージーの復活という超自然現象を真に受け、さらにはグッドフェローの死体も腹話術で操られていることに気づかなかった。その結果、犯人である語り手とペニフェザーは罰を逃れました。1844年のポーは、犯人が入念に「奇跡」を捏造することで完全犯罪を成し遂げる物語を二つ書いたわけです。

こうなると、「のこぎり山」とは探偵がおらず、読者が探偵役を果たす推理小説である、というバウチャーの評言は、その主張以上の価値を持つことになるでしょう。この年、ポーはそのような新しいタイプの推理小説をシリーズ化しようとした、つまり、一連の名探偵の物語が「盗まれた手紙」で終わりを迎えるこの年に、探偵のいない推理小説という新ジャンルを作ろうとしていた、と見なしてよいかもしれません。ポーがデュパンを捨てて新しい探偵小説を作らねばならなかった理由は、先に述べたとおり、自分が作った謎をデュパンに解かせたのでは、知的な真剣勝負を実現できないからでしょう。

言い換えれば、この新しいタイプの推理小説が成功するには、読者の参加が不可欠だったということです。読者が探偵役を買って出て、謎解きをしてくれなければ、ポーが望んだ知的勝負は成立しません。

しかし、実際にはポーのもくろみが「のこぎり山」で実現するまで百余年、「犯人はお前だ」に至っては二百年近くかかってしまいました。それまでに人知れずどこかのバーやカフェで、読書好きな誰かが、そのような読み解きを語ったことがあったかもしれませんが、少なくとも活字になることはありませんでした。当時、ポーは自分にそのような反応が届かないので大いに失望したであろうことは想像に難くありません。

　というのも、ポーはこのジャンルに見切りを付けたかのように、これ以後はもっと難易度を下げた、というか、もう謎解きが必要な犯罪小説を書くことはなかったからです。そして、単に完全犯罪者が犯罪を行う様子を丸見えの形で描くことになります。

　1846年の「アモンティリャードの酒樽」では殺人犯が甘言を弄して被害者を地下墓地に誘い込み、そのまま生き埋めにする顛末を描くだけです。誰が、誰を、どのようにして、という殺人事件をめぐる謎は、そこにはまったくありません。ポーが亡くなった1849年の作品「ホップ・フロッグ」も、宮廷の道化師ホップ・フロッグが、主人である国王の悪ふざけや暴力に耐えかねて、策を練って国王を衆人環視の中で殺した後、見事に逃げおおせる物語です。犯行の直前、仮面舞踏会に集まった人々の中へと、ホップ・フロッグはオランウータン（に扮した王と家来たち）を招き入れます。すると女性たちは恐怖で気を失い、他の人々は出口へと押し寄せます。もちろんこれは「犯人はお前だ」の語り手の策略が変奏されたにすぎません。シャトルワージーの死体の出現でパニックに陥った群衆が注意をそらした瞬間に、語り手はグッドフェローを殺したのだ、と私たちは読み解きました。今度はホップ・フロッグが同じことを行います。ただ、もうポーはそれを謎として提示することはありません。誰にでも分かる形で記述することを選びます。「騒ぎが頂点に達し、舞踏会の参加者たちが自分たちの身の安全のことしか注意していない間に」[1352]、ホップ・フロッグは国王たちを天井からつり下げられた鎖につなぎ、火を付けて焼き殺してしまいます。そして「犯人はお前だ」の語り手が、共犯者のペニフェザーを牢獄から解放し、幸福な結末をもたらしたように、ホップ・フロッグも共犯者の女性を囚われの身から解放して共に故郷へ戻るというハッピーエンドで物語は幕を下ろします。

このようにポーは、「探偵のいない推理小説」を断念した後は、反動のように「謎のない犯罪小説」へと退行しました。謎を提示するのではなく、むしろ答えを明白にする作品、あるいは「犯人はお前だ」の答え合わせのような作品を死の数ヶ月前に書きながら、ポーは何を思っていたのでしょうか。「ホップ・フロッグ」では時折ホップ・フロッグの歯ぎしりの音が響きます。それは腹話術のように、読者に対するポーの気持ちを代弁していたのかもしれません。

読者としての語り手

しかし、「のこぎり山」を書いた頃は、もちろんポーはまだ読者に期待していたはずです。だからこそ、読者を誘うかのように、語り手を「ひとまず謎解きに挑んだが失敗した読者」として描いたのでしょう。さらには語り手をまんまとだましたテンプルトン医師に「作家」の役割を与えたのでしょう。そうすることで読者対作家の知的勝負という構図を分かりやすくしていたのだと思います。これから詳しく議論する通り、それは私たち対ポーの勝負の縮図でもあるのです。

まず、結末で語り手はベドローの死を報じる新聞記事を読んでいます。つまり、語り手は「読み手」になっている。もちろん、語り手が綴りの間違い（Bedlo）を手がかりにして一つの答え（Bedloe が Oldeb の鏡像だ、というさらに間違った答え）に至るというオチのために、活字を読むという行為が必要なだけだったように思われるかもしれません。しかし、物語全体へと視野を広げてみれば、この語り手が他に二つのナラティブ（語り）の受け手になっていることが分かります。それは、ベドローが語る山での体験談と、医師が語るインドでの体験談です。

ただし、どちらも「語られたもの」であって「書かれたもの」ではないので、語り手は読み手というよりは聞き手にすぎないようにも見えます。しかし、医師はインドで死んだというオルデブの話をする前に、それと同じ内容をまずはノートに書き連ねていたのでした。そして、そのインドでの出来事をなぞるようにベドローは山で奇妙な体験をして、それを語り手と医師に語ったのですから、ベドローの話も、元は医師の「書いたもの」だったことになります。二人の体験談が、一度「書かれたもの」になっている理由は、まずポーが語り手に、ただの聞き手ではなくて、読み解く者という役割を与えるためだった。加えて、ノートを手にした医師を「書き手」としたかった。つまり、「謎を解く読者」対「だます作家」の戦いを作ろうとしていたからではないでしょうか。

さて、「のこぎり山」が、作家（医師）に読者（語り手）がだまされる物語だとすると、それをさらに読んでいる私たちが取るべき行動は明らかです。私たちは語り手を反面教師にすればいい。彼はベドローとオルデブの鏡像関係に気づいたままではよかったが、前者が後者の鏡像だと思い込んだのがいけなかった。真相は、今を生きるベドローの方がオリジナルで、オルデブはその時代錯誤的コピーにすぎなかった。ならば、私たちは、まぎらわしいオリジナルとコピーの関係を見分けられるよう努めればよいわけです。

ポーは実際、そのようにすれば謎を解けるように、この物語で医師と語り手の知的勝負を設定しました。実は、語り手が取り違えたオリジナルとコピーは、ベドローとオルデブだけではなかったのです。

それは、作家としてのテンプルトン医師のオリジナリティーのことです。読者としての語り手は、医師が書いたノートの記述自体がオリジナル（医師自身のインドでの体験談）であると信じて疑わなかった。しかし、私は、それが医師のでっち上げだったというバウチャーの論を繰り返したいのではありません。たしかに、医師がノートに書き込んだオルデブの死はフィクションではあるのです。しかし、医師の作家性にポーは絶妙のひねりを加えていたのでした。それは、医師が書いた「フィクション」自体が他の小説のパクリだった、というものです。

先に触れたとおり、「のこぎり山」にはブラウンの小説『エドガー・ハントリー』からあまたの借用がありました。それはポーがブラウンを尊敬していたからとか、あるいは別の批評家が言うようにその小説を「パロディー」化したかったからというより、[*15]「書き手」としてのテンプルトン医師の作ったテキスト自体が、医師のオリジナルではなくブラウンの小説を部分的に「コピー」したものであることを明確にしたかったからだと思います。ポーは、ここにもう一つのオリジナルとコピーの問題を作り、ベドローとオルデブの関係に重ねたのでしょう。そうすることで、オルデブがコピーにすぎないことを決定づけたのです。

「のこぎり山」における作家と読者の戦いで、読者である語り手は最終的に作家（医師）に敗北しました。しかし、勝てるチャンスはありました。そのチャンスこそ、もう一つのオリジナル・コピー問題、すなわち、医師がノートに書き込んだテキストだったのでした。もしも、医師が経験したと主張するインドでの出来事の記述が、医師のオリジナルではなく、1820年代にはすでに広く読まれていたブラウンの小説のコピーにすぎない、と「読み手」としての語り手《プロット》（1827年を生きている）が気づいていれば、彼は「作家」である医師の策略を見抜けたはずです。

二つのフィクションあるいはコピー

ブラウンの小説の訳者はこう述べています――「『のこぎり山奇談』の荒涼たる山岳の描写には、ポーがそのまま『エドガー・ハントリー』から引き写したのではないかと思えるほど似ている部分もある」[*16]。さらに、先のカーターは、山での様々な描写がポーの物語の筋にとって無用であることを問題視しています――

「ブラウンから借用した」のこぎり山の描写は、物語にとって無関係である。それらの導入は、この特定の物語における作家の主要な関心事を表しているもの、すなわち催眠術、テレパシー、輪廻などから、読者の関心をそらすことにもなる。……ベドローが覚醒状態から催眠状態へ移行するのを［読者に］納得させるには役に立っていない描写で、なぜポーは物語の三分の一近くを埋め尽くしたのだろうか[*17]。

カーターはポーが無駄に長くブラウンから借用していることを不思議がり、結局その理由を、先述の通り、ポーがブラウンに抱いていた敬意に求めます。しかし、「［ポーの］物語にとって無関係」であることが示唆しているのは、ブラウンからの借用がポーではなくテンプルトン医師のテキストにとって必要なものだった、ということでしょう。

ベドローが感じた「電気ショック」が示しているとおり、山にいた彼は医師の催眠術にかかっていて、そこで出くわした動物や現地人などは、医師が記したノートを反映したものです。だからこそ、医師はベドローが話す内容をあらかじめ知っていた。それゆえ、時折医師はベドローの話を先回りしてしまった――医師が「君は立ち上がって町へと下りていった」と言うのを聞いて、ベドローがひどく驚いたのは、そのためです。ベドローの山での経験――ブラウンの作品から引き写したような出来事――が、医師のテキストに基づいているなら、ブラウンからの剽窃《ひょうせつ》はポーではなくて医師に帰せられるべきでしょう。医師は自分のテキストがインドでの自らの経験を記したものである――すなわちオリジナルである――ことを主張しますが、それはブラウンの小説の「コピー」であったのです。

このようにポーの描く犯人は、オリジナルとコピーをすり替えるものなのでしょう。このトリックが私たち読者に伝わるように、この作品では『エドガー・ハントリー』からの借用がこれ見よがしに「物語にとって無関係」に見えるほど行われていた。それらは、医師が書き手を務めた部分と重なっており、医師が剽窃家、すなわち「コピー」する者であることを明かしているに違いありません。

二つの物語の関係に読者が気づくように、ポーは他にもヒントを与えています。カーターの指摘するとおり、『エドガー・ハントリー』には、オールド・デブ（Old Deb）という名の女性さえ登場します。ポーの物語のオルデブであれベドローであれ、「オールド・デブ」とのつながりは明らかです。おまけにタイトルには『エドガー』というエドガー・アラン・ポー自身のファーストネームが使われています。テーマだけでなくそのタイトル故に、ポーはこの小説を医師がコピーする本として選んだのかもしれません。ブラウンの小説の副題は「スリープ・ウォーカー（夢遊病者）の体験記」です。だからこそ、ベドローもスリープ・ウォーカーとして白昼夢を見ながら山を歩くことになったのでしょう。これらの共通性は、ポーがブラウンからインスピレーションを受けたというより、ポーが読者にブラウンの小説を思い起こさせるためのヒントであったはずです。それを読者が手がかりにして、テンプルトン医師のインド話が「コピー」であることに気づけるかどうか、そのトリックをクリアできたら、次に医師の友人とされたオルデブがベドローの「コピー」であることを見抜けるかどうか。ポーはそんな勝負を、ここまで述べたような入念さでもってして、読者に仕掛けていたのだと思います。

もはや蛇足かもしれませんが、医師がベドロー殺害の際に用いた毒ヒル――医療用のヒルとすり替わってしまった双子的存在――もまた、その存在自体がでっち上げだったようです。ポー全集の編集者マボットは、毒ヒルについて次のような注釈を加えています――「ポーが自分の物語のために純粋にでっち上げた一つの要素に、これまでの編集者たちは気づくことがなかった。それほどポーはもっともらしく表現するのに成功している。現実世界でも、ポー以前に書かれた物語でも、毒ヒルなどは見当たらないのだ！」［936］。注釈という学問的仕事には珍しく文末に感嘆符が用いられているので、毒ヒルが架空の存在だったという発見にマボットが大いに興奮したことが伝わってきます。

ただ、私たちはマボットと違って、「のこぎり山」を医師による完全犯罪の物語として読んでいるので、この事実はさらなる問いを招きます。いったい、毒ヒルを「でっち上げた」のは誰だったのでしょうか。もちろん作家ポーが作品を書いているのですから、一義的にはポーの仕業ですが、物語の中ではテンプルトン医師が毒ヒルという「コピー」をも（オルデブなる人物に加えて）偽造した、ということになるでしょう。少なからずの読者が、医療用ヒルに似た毒ヒルで医師が意図的にベドローを殺した可能性に思い至ったとしても、まさかその毒ヒルさえもが実在しなかったのならば、真相はもう一段複雑だった――医師は何らかの毒薬を使った、そして、自分の犯行を隠すために、医療用ヒルの「コピー」としての毒ヒルを作り上げ、医療過誤として新聞記者や警察に虚偽の説明をしたことになります。この方がポー的なだましの手口――自分が作ったにすぎない「コピー」を「オリジナル」だと相手に思い込ませること――にふさわしいかもしれません。もちろん、マボットに先行する注解者たちが毒ヒルの架空性に気づかなかったのならば、毒ヒル問題の難易度は（ブラウン問題やBedlo誤植問題と比べれば）非現実的なほど高かったわけです。ポーは、それほどまでに入念かつ執拗にオリジナルとコピーを混ぜ合わせることで謎を作り上げる作家だったということでしょう。

こうしてポー自身、物語内の「作家」であるテンプルトン医師と同じく、超自然的な輪廻の物語としてこの作品を読者に受け取らせることで、読み手との知的ゲームに勝利しようとしたのかもしれません。しかし、ただ逃げおおせればいい医師と違って、ポーの気持ちはもっと複雑だったはずです。自分のプロットを見抜かれて負けたくないが、同時に、読者に見抜いてもらわなければ、自分のすごさは分かってもらえない。いわば、負けなければ勝つことができない。ポーはしばしば、自らの破滅を望む「天邪鬼」な感情を描きましたが、推理作家としてのポー自身もそこに行き着いていたのかもしれません。

腹話術としての催眠術

さて、「犯人はお前だ」を読んだ私たちにとって、ポーの創作原理がよく表れていて興味深いのは、テンプルトン医師の催眠術です。これはブラウンの小説には存在しない要素です。ポーのベドローは、ブラウンの描く夢遊病者たちに似たスリープ・ウォーカーであっても、彼が散歩しながら幻視するのは、催眠術に操られてのことでした。催眠術というこの物語に不可欠な要素を単独で見れば、ある評者の言うように「のこぎり山」は『スピリチュアリズム系の作品』と見なせるかもしれません。「当時のスピリチュアリズムの流行をポーが利用して、それを独自の、当時の読者から見てさえややいかがわしい地点まで拡大解釈してみせた力わざ」という評価もあり得るでしょう。*18 実際、ポーはこの作品以外にも同時期に「催眠の啓示」（１８４４）や「ヴァルデマー氏の病の真相」（１８４５）など、催眠術をテーマにした物語を書いているので、作家が催眠術に興味を持っていたことは間違いありません。どちらの作品も、死を間近にした病人に催眠術をかけ、死の世界の秘密を探ろうとするものです。つまり、死人に話をさせようとしている。

すると、私たちは思い出すのではないでしょうか。「犯人はお前だ」で語り手の特技であった腹話術のことです。腹話術と催眠術は、死体の口に語らせるという点で本質的に同じなのです。あの語り手は腹話術を使ってシャトルワージー（とさらにグッドフェロー）の死体にしゃべらせていたのでした。だからこそ同様に、催眠術で操られる役回りのベドローも「死体」として描かれていたのでしょう。

物語の冒頭を振り返ってみれば、ベドローはまだ生きているにもかかわらず、その外見が奇妙なほど死体を連想させるものだったことが分かります。まずは、まるで死体のように「彼の顔色には全く血の気がなかった」とされています。また、ドクロは歯がむき出しなので、西洋ではしばしば「笑顔」と結びつけられて定型的に表現されますが、語り手はベドローの奇妙な歯と笑顔についても語ります――「私は数々の歯を人間の頭の中に見てきたが、彼の歯ほどひどく乱杭のものはなく、朽ちてもいなかった」。そして、「彼の微笑みの表情は、まるで変化というものがなかった」［940］。変化しない笑顔とは、まさに歯がむき出しのドクロを思い起こさせるものでしょう。また、単に「数々の歯を見てきた」で済むところを、ポーが語り手にわざわざ「人間の頭の中」という部分を加えさせたのも、同じ理由であるはずです。「朽ちてもいなかった」と訳した語はsoundで、一義的には「虫歯がない（健康である）」と訳すべきですが、「腐っていない」という意味があり、この語も死体の中で骨や歯だけが腐敗しないことを暗示するためにポーが用いたのかもしれません。さらには念を押すかのように、ベドローの目を死体のそれに喩えます――「いつも生気がなく、膜がかかったようにどんよりしていて、まるで埋葬されて久しい死体の目を思い起こさせるほどだった」［940］。これらは、ベドローの病状が深刻であることの表現としては過剰なので、物語の最初からベドローを死体として提示する意図がポーにあったことは明らかだと思います。

なぜ死体なのか。直感的な答えは、ポーが死後の世界に興味を持っていたから、というものでしょう。そして実際、この物語では死者オルデブがかつて経験した出来事をベドローが追体験する（ようにみえる）ので、輪廻や霊魂の実在のテーマにふさわしく、ベドローが生きながらの死人として導入されたのだ、と見なすわけです。しかし、この物語を死後の世界の探求として読んでしまうと、医師の輪廻話を真に受けた「語り手」と同じポジションを読者が占めることになってしまいます。

むしろポーが早々にベドローを「死体」として描いたのは、読者にヒントを与えるためだったのではないでしょうか。ポー自らが死体と催眠術の物語（「催眠の啓示」や「ヴァルデマー」）で読者をだまして、まるで本当の科学実験であるかのように思い込ませようとしたのと同様に、この物語では医師が「詐欺」を働くことになります。そのような展開を、ベドローの死体性はあらかじめ暗示しているのだと思います。つまり、ベドローという「死体」がこれから語ることは真実ではない。「作家」の役を果たすテンプルトン医師が黒幕で、思い通りの言葉を死体の口に語らせているにすぎないのだ。そう読者が思い至るための手がかり——ベドローは「死体」である——を、ポーは最初から提示していたようです。

このように振り返ると、ポーが1844年に作り出した二人の完全犯罪者は、その手口が似通っていたことが分かります。「犯人はお前だ」の語り手も「のこぎり山」の医師も、死体の口を自由に操り、自分に都合のいい証言を語らせることで、人々をだましたのでした。殺されたグッドフェローの口は、語り手のシナリオにとって必要十分な情報を「自白」しました。死体のようなベドローの口は、時々言いよどむこともありましたが、話を続けるように医師が繰り返し促して、医師の策略が必要とする情報を語り手に聞かせることになりました。

完全犯罪者は「腹話術」的トリックで死者を操り、聞く者たちに超常現象を信じ込ませる――この法則性はおそらくとても重要です。

まず、腹話術が霊魂や死後の世界と無関係なのは明白です。ならば、ポーにとって催眠術もそのようなものだと推察されます。その技術への関心は、主に死後の世界というスピリチュアルな謎を解明するより、むしろ逆に新たな謎を創出することにあった。催眠術を鍵にして解きがたい神秘をアンロックするのではなく、逆にその鍵で自作の謎をロックすることにあった。そして、物語を読んで超自然現象の謎に「閉じ込められた」読者が、催眠術（や腹話術）のトリックを見破ることで、謎を解錠してそこから脱出できるかどうか、そのようないわば密室からの脱出ゲーム――これはポー最初の推理小説「モルグ街の殺人」の主題でもあります――を読者に仕掛けていた、と広い文脈の中で統一的に理解することもできると思います。

ようするに、催眠術であれ腹話術であれ、ポーの主要な関心の一つは「死体にしゃべらせて人をだますにはどうしたらいいか」ということにあったのでしょう。言うまでもなく、作家は作品を書く人なので、謎を解くよりもまず、謎を作らねばなりません。しかし、ポーが謎を作るときの原理――アニメのアテレコのように、無声・無音のキャラクターの口に声を与えて、聞く側にオリジナルの声として受け取らせること——が分かると、読者はその原理を逆回転させることで謎を解錠できることになります。ポーはこのような仕掛けによって、ロックされた謎を読者がアンロックできる仕組みの犯罪物語を作り上げました——ペドローとオルデブの関係にしろ、グッドフェローと語り手の関係にしろ、催眠術／腹話術が生み出した鏡像関係において、ポーは「オリジナル」と「コピー」をひっくり返すことで謎を作り、さらにそれを反転させると謎が解ける物語を書いていたのでした。死者の復活（シャトルワージーが蘇った！）も輪廻（オルデブがペドローとして再び死んだ！）も、実際には超自然現象などではなく、その裏には謎解き（アンロック）が可能な殺人事件が隠されていたのです。

第六章　デュパンの誕生

二つの完全犯罪の物語が書かれる三年前、ポーはすでに超自然現象（に見える事件）の謎解きをしていました。世界初と言われる推理小説「モルグ街の殺人」で描かれるのはいわゆる密室殺人です。鍵がかかった部屋から犯人は幽霊のように姿を消しました。しかし、デュパンはそれが本当の超常現象であるはずがないとして、事件の謎を解明していくことになります。

ネタバレで申し訳ありませんが、「モルグ街の殺人」の犯人は人間ではなく怪力のオランウータンでした。アパート四階の一室に「犯人」は地面から伸びた避雷針を伝って窓から入り込み、母と娘を殺し、そしていなくなった――しかし、この表向きの謎の裏に、この物語にはさらなる謎があると私は思います。

それもまた、オリジナルとコピーの関係をひねることで生まれた謎と言っていいでしょう。当然、探偵デュパンは単独で存在可能なオリジナルな存在に見えますが、実際には彼は「コピー」にすぎないのだと思います。

私が間違っていなければ、この作品で真にオリジナルな存在は犯人役のオランウータンです。デュパンはそれを反転させた鏡像にすぎません。

ポーはコピーをする際、オランウータンの肉体的な超人性を精神的なものへとひっくり返しました。このあと詳しくみていくとおり、オランウータンは物理的（フィジカル）な部屋への侵入者ですが、デュパンは非物理的で思弁的（メタフィジカル）な部屋への侵入者として造形されることになります。

ならば、二者の鏡像関係では、オランウータンの方がデュパンの鏡像であってもいいではないか、と思われるかもしれません。しかし、そうではなく、あくまでデュパンがオランウータンの鏡像であって、逆では物語が成り立たないのです。

もし、このような犯人と探偵を取り結ぶ一見ねじれた鏡像関係を、物語の真の謎として構想していたのだとしたら、ポーは最初の推理小説で、いきなり少々複雑なプロットに挑んだことになります。

序章で触れましたが、ポーはディケンズの『バーナビー・ラッジ』のレビューで、作家の謎解きに読者は満足しない、だから作家は答えを提示してはならない、という趣旨のことを書きました。それは「モルグ街」を発表してわずか一月後のことです。ポーが「モルグ街」で殺人事件を解決させたのは自己矛盾だったのでしょうか。

おそらくそうではなく、その作品には未解決の第二の謎があったのだと思います。殺人事件の謎を探偵デュパンが解くという表向きの筋の裏に、ポーは物語の中で解かれることのないデュパン自身についての謎を隠していたと思うのです。
そしてその第二の謎のパンチ力は、後にコナン・ドイルが生み出した名探偵シャーロック・ホームズを軽く打ち負かすほどのものでした。

ホームズの誤謬

ドイルは、ホームズ・シリーズの最初の作品『緋色の研究』（1887）で、デュパンを批判しています。

名探偵の相棒として知られることになるワトソン博士は、このときはまだホームズと知り合ったばかりです。初対面のとき、ホームズはワトソンがアフガニスタン帰りであることを言い当てましたが、なぜそんなことが可能だったのか、推理の順序を説明しています——まずワトソンは医者タイプの紳士で、軍人らしくもある。ならば軍医だ。顔だけ日焼けしているので、熱帯地方から戻ってきた。顔がやつれ、左腕に怪我をしている。このように英国の軍医が苦労する土地はアフガニスタンだ。

このような種明かしを聞いてワトソンは感嘆し、ホームズを賞賛しようとしてデュパンになぞらえます。しかし、ホームズにとってそれは褒め言葉ではありませんでした——

　デュパンなんて劣った人物ですよ。十五分間沈黙してから、自分の友達が考えていることに侵入してズバリと言い当てる芸当なんて、実に大げさで薄っぺらです。当然、いくらかは天賦の分析の才能はあったが、全然ポーが思っていたほど並外れていたわけではないのです。*19

ホームズが言及しているのは、「モルグ街」が幕を開けてすぐに描かれるエピソードです。お互いに知り合って間もないデュパンと語り手は、二人で夜のパリを散歩しています。しかし一言も発することなく、十五分ほど経過します。すると突然、デュパンが語り手の考えていることを言い当てて驚かせてみせます。説明を求められると、デュパンは語り手の頭の中で起きた連想を一つ一つたどって再現します。ちょうど後にホームズが推理の連鎖を説明したように。

二人の推理は似ているものの、対照的でもあります。ホームズはワトソンが外国帰りだという物理的・形而下的（フィジカル）な事実を言い当てただけなのに対し、散歩中にデュパンが解き明かしたのは、語り手の思考という非物理的・形而上的（メタフィジカル）なものです。ホームズはイギリス人ですから、この階級にも似た違いをどこか敏感に意識して、過剰なほどデュパンを攻撃したのかもしれません。しかし、真にホームズの残念なところはそこではありません。

ホームズ（を書いているドイル）らしからぬことに、彼はデュパンと語り手の散歩が描かれる直前の箇所を読み落としているようなのです。繰り返しになりますが、この物語でデュパンは、真実は「いつもきまって表層的」だと言っていたのでした。その心は、一つの事象を深掘りするのではなく、水平方向に広がっている他の事象との関係の方に注目することによって、初めて真実を発見できるのだ、ということだと思います。この場面に即して言えば、デュパンが相手の頭の中に侵入したときのアクロバティックな推理だけを見て、それをただの「芸当」として片付けるのではなく、それが他の何と関係しているのかを考えねばならない、ということです。実際、デュパンのこの「芸当」は、その直前の箇所とつながっているのだと思います。

その箇所で記されているのは、デュパンが自身の分析能力について語った印象深い言葉です――

デュパン自身も、これ見よがしにするというわけではないが、実に楽しんで分析能力を発揮しているようで、分析することの喜びをためらわずに話してくれもした。低い笑い声を発しながらデュパンが私に自慢して言うには、自分にとって、たいていの人間は胸に窓がある、とのことで、さらにそのような言葉に続けて、私自身の内面について自分がよく知っていることの端的で驚くべき証拠を示してくれるのだった。［533］

キーワードは「窓」です。先ほどデュパンの優れた分析能力は、語り手の胸の内で起きている連想を綱渡りのようにたどることで発揮されていました。ここを読めば、なぜそんな「芸当」が可能だったのかが分かります。それは、デュパン曰く、人の胸には窓があるから、なのです。その窓を通ってデュパンは人の心の内に入り込むことができる。こうして、これら二つの箇所を合わせ読めば、デュパンはいわば「窓からの侵入者」として物語に登場していたことが理解できます。この点にホームズが注意を払っていれば、デュパンの「綱渡り」をただの芸当で済ますことはなかったでしょう。

なぜならホームズならば、さらにこの比喩的な「窓」ともう一つの窓との関係に気づいて、この物語の驚くべき構図を発見することは、もはや難しいはずがないからです。

侵入と脱出

「モルグ街」を最後まで読めば、デュパンが使った窓の比喩に隠された意味があったことが分かります。あのオランウータンが四階の密室で犯した殺人という謎も、結局は、窓を巡るものだったからです。

後に詳述しますが、釘で打ち付けられていたと思われた窓は、実際には固定されておらず、開閉が可能であったことをデュパンは発見し、事件の謎を解くことになります。この窓から「犯人」は入ってきたのです。つまり、オランウータンもまた、窓からの侵入者であった、ということです。普通の人間なら避雷針を伝って、さらに離れた窓へと飛び移って部屋に侵入することなど不可能ですが、オランウータンは文字通り超人的な身体能力によって、それを可能にしたのです。

すると次に私たちが連鎖的に思い至るのは、「まえがき」で引用したこの物語の冒頭部分でしょう――「傑出した分析能力を持っている人にとって、その能力が最も強烈な喜びの源泉となる……ちょうど屈強な男が自身の身体能力を勝ち誇り、その筋肉を動かす運動を楽しむように」。超人的分析能力と超人的身体能力は、物語の始まりから平行関係に置かれていたのです。そして物語の筋の上では、まずはデュパンがメタフィジカルな超人として登場し、ついでオランウータンがフィジカルな超人として現れる。さらに両者の高い能力はどちらも鍵がかかっているはずの窓から侵入するときの離れ業として発揮されるわけです。

このようにたどれば、デュパンの分析という「芸当」が、オランウータンの「芸当」との鏡像関係のうちに理解されるべきものであることが分かります。

ポーは入念です。加えて冒頭の段落では「動機のなさ」についても記しています――

［分析能力を持つ者は］その能力を発揮できるならどんなにささいなことでも楽しんでやるのだ。不思議な出来事も語呂合わせのなぞなぞも象形文字も大好きで、何を解いたとしても、普通の理解力の人には超自然的に見えるような洞察力を示すのだ。［528］

ならばそのような能力を持つデュパンも、何の得になるわけでなくても、とにかく超自然的にも見える自らの能力を発揮したがる、ということでしょう。謎を解くとき、デュパンに理由はいらないのです。実際、モルグ街での謎の殺人を報じる新聞を読んだデュパンがその解明に乗り出したのも、そもそもは「楽しいから」なのでした。一応、誤認逮捕された知人（ル・ボン）を救うという理由もあるのですが、それは副次的なものです。デュパンは言います――

「この殺人事件について、結論を出す前にちょっと調べてみようじゃないか。調査は娯楽になるよ」（私は奇妙な言葉を使うものだな、と思ったが何も言わなかった）。「それに、ル・

ボンには以前に世話になって感謝してなくもないんだ。現場に行って自分たちの目で見てみようよ」[546]

ポーが語り手にわざわざ「奇妙な言葉」と言わせたのは、このときの「娯楽」というデュパンの言葉が、物語冒頭の「「分析能力を持つ者は」その能力を発揮できるならどんなにささいなことでも楽しんでやる」という部分を受けていることを明確にするためでしょう。ここで再び、デュパンが分析能力を発揮するときにもっともらしい動機は必要ないと強調しているのです。

同様に、オランウータンが人殺しをしたときにも、動機はありませんでした。デュパンは言います――犯人には「犯行動機が欠落しているようなので、警察は困惑している。殺人自体の動機ではなくて、ここまで残忍な殺し方をする動機が警察には分からないのだ」[547]。

ここで話題になっている「残忍な殺し方」から分かるのは、猿の超人的な肉体能力がいかんなく発揮された、ということです。殺された母娘のうち、娘は上下逆さまにされて全身が暖炉の煙突に突っ込まれていましたし、母の首はほぼ切断されていました。これらは、信じられないほどの肉体的力を犯人が持っていることを示していました。しかし、犯人がそこまで怪力を発揮せねばならない動機が見当たらないのです。

おそらくこの不思議は、デュパンの謎解きに動機が不要であるという奇妙さが繰り返されたにすぎません。

デュパンとオランウータンの超人的能力が鏡像関係にあることは、先の引用にあった別の表現

――「普通の理解力の人には超自然的に見えるような洞察力」からも明らかです。謎を解くとき、デュパンの分析能力は「超自然的」に見える。実際には、このあとデュパンが語り手の思考を言い当てるとき、連想の鎖を一つずつたどって答えに行き着くことになるのですが、言い当てられた語り手はひどく驚きます――

「頼む、教えてくれ」と私は叫んだ。「一体どうやって私の心の奥底にたどり着けたのか、その方法を教えてくれ」。驚きを表現しようにも、それ以上に実際は驚いていたのだった。〔534〕

デュパンの推理力は、これほどまでに語り手を驚愕させるものでした。このエピソードが、冒頭の「普通の理解力の人には超自然的に見えるような洞察力」を受けて描かれていることは明らかです。ようするに、デュパンが出した答えは「超自然的」に見えるのです。

さらにこれを受けて、今度は動機なき肉体的能力の表れ――オランウータンの犯行――が「超自然」現象として語られることになります。後に犯人の逃走経路の謎に関して、デュパンは語り手にこう言います――「犯人の脱出方法を最初に探そう。私たちは共に超自然的現象を信じない、と言っても過言ではない。レスパネー〔被害者の名字〕母娘は幽霊に殺されたわけじゃない」〔551〕。密室と思われた部屋からオランウータンは姿を消しました。まるで幽霊のように。しかし、デュパンは「超自然現象」ではないと言い、いかにして犯人が密室から逃げたのか、その経路を一つ一つ明らかにしていくことになります。

ところで、なぜここでデュパンは密室の謎を「侵入方法」ではなく「脱出方法（the means of egress)」として語ったのでしょうか。現実には、どちらも問題であるというのに。

それは、ポーがここでも二者の鏡像関係を意識しているからだと思います。デュパンの超人的メタフィジカル能力は心の密室へ侵入するときに超自然的な技に見え、オランウータンの超人的フィジカル能力は物理的密室から脱出するときに超自然的な謎となる。このようにデュパンとオランウータンが反転された双子になるよう、ポーは丁寧に描いているのです――なぜならこの奇妙な関係こそが、この物語に隠された真の謎だからでしょう。

さらにポーは念には念を入れて、デュパンが胸の窓から侵入するときに上げる奇妙な声にも言及しています。語り手は「たいていの人間は胸に窓がある」というデュパンの言葉を引いた後、さらに語り手の内面についてデュパンが語るときに、その声が変化したと述べています――「いつもは深くて低い声の調子が上がってかん高くなり、不機嫌にも聞こえる」［533］というのです。分析能力を発揮するときに高くなる声は、後に肉体的能力を発揮するときにオランウータンが発する声として繰り返されます。事件発生時に現場からの声を聞いた証言者は、二種類の声を聞きました――「一つはしわがれた声で、他方はもっとかん高い、すごく奇妙な声だった」［540］。後に判明したのは、「しわがれた声」の主がオランウータンの飼い主の船員で、かん高い声はオランウータンのものだった、という真相でした。ならば、デュパンが語り手の胸の窓からメタフィジカルな密室へと侵入するときに発した「かん高い」声は、彼がオランウータンの鏡像であることをいっそう明確に示していると言えるでしょう。

さらに二者の声には、後の議論にとって大切な共通点があります。それは、どちらも外国語を話している（ように聞こえる）ということです。事件現場にいち早く駆けつけた人々は、かん高い声が外国語をしゃべっていたと証言します。しかし、ある者はその声がスペイン語だったといい、別の者はイタリア語、さらにはドイツ語、英語等々、ことごとく食い違いを見せます。このような不思議な証言の数々を新聞で読んだデュパンは好奇心をくすぐられ、事件の解明に乗り出し、そしてその外国語の謎を解きます。デュパンの出した答えとは、証言者たちはそれぞれ勘違いしており、オランウータンの「かん高い声」を自分の知らない外国語として聞いてしまった、というものです。

「犯人はお前だ」で腹話術の謎を解いた私たちとしては、この時点で奇妙な声の謎をデュパンが解いていることは興味深いです。声の謎は、ポーが他の作品でも繰り返しているので後にまた議論しますが、ここで大切なのは、オランウータンの声が「外国語」とされたのと同様に、デュパンもまた外国語を話しているに違いない、という見過ごされがちな事実です。批評家のジョン・アーウィンが指摘するには、英語で書いているポーの作品中の人物であるデュパンは英語を話しているように見えますが、実際にはパリに住むフランス人なのでフランス語で話しているはずであり、テキストでは黙って英語に翻訳されているにすぎないようです。[*20] オランウータンが外国語でしゃべっていたようでそうではなかった一方で、他方デュパンは外国語でしゃべっていないようでいて実は外国語だった――このように、もはやくどく思われるほど、オランウータンとデュパンは鏡像関係にあります。

しかし、デュパンが仏語で話しているというアーウィンの指摘が真に重要なのは、後に、ある仏語の単語が重要な意味を持ってくるからです。それは、オランウータンの脱出の謎が解かれるときのことです。

窓のトリックと鏡像縛り

犯人は密室から姿を消したが、それが超自然現象であるはずがない、だから絶対に出口があったはずだ。デュパンはそう考え、先に触れたとおり、釘で固定されているように見えた窓が、実はそうではなかったことを発見しました。その発見に至るまで、かなり詳細に（それを少々退屈に感じる人もいるでしょう）デュパンの捜査が語られます――出口になりそうな場所を一つ一つ点検し、ドアでもない、煙突でもないとなると、もう窓しか残っていない。部屋には窓が二つあり、一方は窓の下部がベッドの頭板で隠れており、他方は全部見えている。後者を固定しているように見える釘を抜いてみると、それでも窓は開かない。見えないところにバネがあるようだ。犯人が逃げた後、このバネで窓は閉まったのだ。だが、釘まで打ち付けることはできないはずだ。そこでもう一方の窓の釘を触ってみると、釘の頭の部分が手のひらに落ちてきた。元に戻すと、裂け目は見えず、完全な釘に見える。「ここまでのところの謎は解けた。犯人はベッドの方の窓から逃げたのだ。出て行ったとき窓は自重で勝手に落ちてきて（あるいは意図して閉めたかして）、バネできっちり閉まったのだ」［553］。

こうして密室の謎は解かれました。しかし、凄惨な殺人事件という派手な謎を解く鍵が小さな釘とは。肩すかしを食わされたように感じる読者がいてもおかしくありません。長々とデュパンが説明する割には、隠されたバネがあるだの、釘が切断されていただの、あまりに細かな話です。やはり、ポーが言っていたとおり、作家の与える答えに読者は満足しないということなのでしょうか。

しかし、少なくとも「釘」が謎解きの重大局面で登場するのには必然的な理由があったのだと思います。一見つまらない釘の話になったのは、このときのポーには一つの大きな制約があったからです。

もちろん、それはオランウータンとデュパンの鏡像関係のことです。ポーはここでもその設定を意識しながら書いていたに違いありません。つまり、オランウータンの脱出の謎の答えは、デュパンの侵入の謎の答えを反映していなければならなかったはずです。

導入部分で描かれ、後にシャーロック・ホームズが酷評することになるデュパンの芸当――相手の頭の中に侵入すること――と対になっている出来事として、オランウータンの密室からの脱出がある。ゆえに、後者の謎解きの方法も、同時に、前者の方法と類比的でなければならない。このような難しい縛りのなかでポーは書いていたのでしょう。そこでポーが思いついたのが「釘」だったのです。

それはどういうことでしょうか。まずは、この釘という語が一つの洒落であったことが重要です。

先ほど触れたアーウィンは、デュパンが仏語を話しているなら、謎を解く鍵になった「釘」は英語のnail（ネイル）ではなく仏語のclou（クル）として発話されたはずであることに注目しました。デュパンが釘を「クル」と言ったとき、それは英語の「手がかり」という意味の語clue（クルー）とほぼ同音になります。つまり、あの「釘」は、犯人の物理的な脱出を説明しつつ、同時に語呂合わせでもあって、謎を解く「手がかり」という裏の意味も持っていた。ならば、私たちにとっては、あの釘はそれ自体が二重の存在（二つの意味が重なっている言葉）であって、より大きな二者の鏡像関係が一点に焦点化するのにふさわしいものであったことが分かるのです（アーウィンの論によると――さらにclueは糸巻きを意味するclewと同音である。糸巻きとは、迷宮に閉じ込められている人身牛頭の怪物ミノタウロスを退治して脱出する際に、テセウスが使った道具だ。オランウータンも元は「森の人間」の意であり、密室のトリックと合わせれば、この物語がミノタウロスの神話を元にしていると分かる。[21] 詩人のリチャード・ウィルバーも述べているとおり、この物語には、人間のうちにある獣性と向き合うという主題がある、という解釈です。[22] ただし、ミノタウロスは迷宮に閉じ込められているのに対して、デュパンのオランウータンは「迷宮」を自由に出入りします。ならば、むしろオランウータンは、迷宮の問題を解決したテセウスの方に似ているのではないでしょうか。だとすればポーはこのギリシャ神話を反転して「鏡像」となる物語を作った――このようにアーウィンの論を修正してもいいように思います）。

実際、謎を解く鍵としての釘が「手がかり」の洒落でもあることは、オランウータンの脱出を先のデュパンの侵入に結びつけます。なぜなら、その挿話でも、デュパンは一連の洒落を手がかりにしていたからです。

夜の散歩をしながら、デュパンは語り手が一人の素人役者（シャンティ）について考えていると言い当てました。そのときデュパンの推理――すなわちメタフィジカルな密室への侵入――は、衣川将介氏が「デュパンの推理の鍵は洒落であるとみなすべきだ」と述べるとおり、基本的に音が類似する言葉の連鎖に頼っていました。*23

語り手がその役者のことを思い浮かべるに至った経路をデュパンは推理して説明します――まず、デュパンと共に散歩をしている語り手が敷石に躓《つまず》いて足をひねり、「石切法」（ステレオトミー）とつぶやいた。そして同じ音で終わる原子（アトミー）を連想した。次にエピクロスの原子論が星雲に関する最近の宇宙論によって確認されたことから、オリオン座の星雲を思い浮かべた。その名はもともとウリオン座だったが、最初の音が失われてオリオン座になったのだった。件の役者シャンティもまた名前を変えており、最近の劇評がオリオン座の変名を指している「最初の文字は古代の音を失った」というラテン語を引用しつつ、役者の変名を揶揄していた。それゆえ語り手もオリオン座を見上げた後にシャンティを連想した。

まるでデュパンは韻を踏む詩人のようです。ステレオトミーからアトミーへ、そしてオリオン座からウリオン座を経由して、名を変えた役者シャンティへ――類似した音の連鎖をたどりながら、さらにデュパンは一つの駄洒落に言及しています。ウリオンがオリオンに変化したことについての「最初の文字は古代の音を失った」という説明に「刺激臭（pungencies）」が伴っていると言うのです。デュパンは、ウリオン（Urion）が尿に関する語（urinous 等）と似通っていることを言っているのですが、それを示唆するpungenciesという言葉自体、「洒落」を意味するpunという語との駄洒落になっています。つまり、「洒落（pun）」という語を使って洒落を作り（pun-gencies）、それ自体、「尿」と「ウリオン」の洒落への言及でもある。このように、デュパンが語り手の頭の「密室」にメタフィジカルな侵入を果たしたとき、彼は異常ともいえる駄洒落の連鎖をアクロバティックに伝っていったのです。詩人のように、あるいは、綱渡りをする猿のように。

これを受けて、つまり、デュパンの侵入を反映する形で、オランウータンの脱出の謎は解かれねばなりませんでした。そこでポーは、仏語の「釘」と英語の「手がかり」の洒落を使うことを思いついたのでしょう。しかし、それだけではありません。ポーはさらに入念に、猿の肉体的怪力とデュパンの精神的怪力を、洒落のように掛け合わせていきます。

メタフィジカルな謎を解くための手がかりとなった一つの駄洒落——オリオンとウリオンの類似——に関して、デュパンは「最初の文字は古代の音を失った」というラテン語の一文に言及していました。おそらくそれを反映して、今度はフィジカルな窓の謎を解く際に、手がかり（クルー）と掛けられた釘（クル）の「頭」が実際に落下します。デュパンが釘を触ると、その頭（head）の部分が「手のひらに落ちてきた」［553］のでした。もちろんこれだけでは、デュパンの侵入の謎（最初の文字の音が失われたことが手がかり）とオランウータンの脱出の謎（釘の頭が落ちてきたことが手がかり）の鏡像性は微妙すぎるでしょう。実際、頭の取れた釘には、さらに、もう一つのデュパンの離れ業が掛けられているのです。

まず、私たちはオランウータンに殺された被害者の首を思い出さねばなりません。喉が深く切られていて、警察が被害者の体を持ち上げようとすると「頭が落っこちた」［538］のでした。被害者の首の切断は、オランウータンのフィジカルな能力の表れです。だからこそ、後にデュパンがその謎を解こうとするとき、つまり、自分のメタフィジカルな能力を最高に発揮するとき、釘の頭がデュパンの手のひらに落ちてきたのです。そしてこれを受けて、ポーは結末でもう一度、デュパンによる頭と体の切り離しに戻ってきます。

「頭が落っこちた」母親は、もちろんオランウータンの犠牲者でしたが、他方、デュパンのメタフィジカルな力にも「犠牲者」がいるとしたら、それは誰でしょうか。答えはオランウータンでも飼い主の船員でもありません。彼らは警察に捕まることも罪に問われることもなく、デュパンが真相を解明したことで不利益を被ることもありませんでした。デュパンの真の犠牲者は警視総監です。殺人事件の真相を解明できず、誤認逮捕までした警視総監は、デュパンに恥をかかされたのでした。そして、この「犠牲者」の頭も物語的に切断されているのです。

最後に警視総監は悔し紛れに、余計な世話を焼くなという趣旨のことをデュパンに言います。その後でデュパンは勝ち誇って語り手に言います――「私は彼［警視総監］自身のお城で勝利して満足だよ。……［彼の知恵］は頭だけで体が無いんだ、ちょうど女神ラウェルナの絵のように。それか、よくても頭と肩だけしかないな、鱈の頭だけの料理みたいに」［568］。この言葉は一般的に、知性には身体性も必要である、要するに頭でっかちではだめだ、と解釈されているようです。[*24]

しかし、ここまでポーが丁寧に描いてきたデュパンとオランウータンの鏡像関係を考慮すれば、最後に再びデュパンがメタフィジカルなオランウータンであることが念押しされているのだと思います——デュパンは、警視総監のお城という「密室」へと侵入し、犠牲者の頭を体から切り離してみせた、ということでしょう。超人的な知性に打ち負かされた「犠牲者」の末路は、超人的な体力の犠牲者と同じだったのです。

なぜオランウータンとデュパンは双子か

一体なぜここまで執拗に、ポーは最初から最後まで——冒頭では知的活動と肉体的活動の喜びを並べ、結末では両者が力を発揮したときに生まれた二人の「犠牲者」を類比的に描く——デュパンとオランウータンの鏡像関係によって物語を構成したのでしょうか。

それは先に述べたとおり、この二者の関係こそが、物語内で解かれてしまう殺人事件の謎とは対照的に、読者に突きつけられた本物の問いだからだと思います。では、なぜデュパンと猿は鏡像関係でなければならないのでしょうか。また、なぜその問いは「本物の問い」に値するのでしょうか。なぜ探偵と猿の一致が重要な主題になり得るのでしょうか。

おそらくそれは、この問題の背後に「分析的知性とは何か」というポーにとっての究極の謎があるからだと思います。

そもそも「モルグ街」は次の一文で始まっていました——「分析と呼ばれる精神的活動は、それ自体、ほとんど分析の対象にならないのである」[527]。物語の後の展開を踏まえて言葉を補えば、分析能力によって殺人事件は解決できるが、分析能力それ自体の謎を解くことはできない、ということでしょう。分析とは何か。これこそが殺人事件の裏でこの物語が提示している真のミステリーなのです。

　分析は分析できない。しかし、ポーはこの物語で一つの答えを示しているような気がします。答えを「説明」することはできなくとも――分析できないのですから――答えを「見せる」ことはできます。たとえ伝説の名選手が自分のテクニックを「バシッ」とか「シュッ」とか言うこと以外に説明できなくとも、お手本を見せることはできる。分析とは何かを分析できなくても、分析が何であるかを見せることはできる。この物語には、デュパンが意図して分析した殺人事件の謎の他に、デュパンが意識せずして解いている「分析の謎」への答えがある。それが、デュパンとオランウータンの鏡像関係なのだと思います。

　つまり、こういうことです――

　この物語の中で、デュパンは自分のダブル（双子）であるオランウータンの謎に出くわした。しかし、探偵自身は犯人が自分の「双子」だとは思ってもいない。ゆえに、デュパンはオランウータンの謎を解くとき、同時に自分自身の謎（超人的分析能力の謎）をも解いていることを知らない。それは私たち読者にしか分からない。この意味でも、デュパンは自分がやっていることが分かっていないオランウータンと同じである――オランウータンもカミソリを使うことの意味が分かっていなかった。そもそもオランウータンが、飼い主の船員が鏡の前でカミソリを使うのを見て、それを真似ようとしたのが事件の始まりだった。カミソリを持ったまま逃げたオランウータンを追いかけ、船員もまたあの避雷針を上り、そしてあの窓から凶行を目撃したのだった――

船員が中を覗くと、あの巨大な動物がレスパネー夫人の髪をつかみ（夫人は髪を梳かしている最中だったので、髪はほどけていた）、床屋の動きの真似をして、夫人の顔の前でカミソリを振り回していた。……夫人が叫んでもがくので……おそらくオランウータンの元の目的は平和なものだったが、怒りへと変わった。筋肉で盛り上がった腕を一振りしただけで、夫人の頭を体からほとんど切り離してしまった。［566－67］

オランウータンが床屋の仕事を見たことがあったのかは不明だけれど、とにかくその真似をしたことになっている。そして意図することなく夫人の頭をほとんど切り落としてしまった。だとすると、デュパンもまた超人的な分析能力で、警視総監の頭を比喩的に切り離したとき、意図することなく超自然的な業――分析の謎を解くこと――をも成し遂げてしまったことになる。ここまでデュパンの分析能力は、徹底的にオランウータンの肉体的能力の反転された繰り返しとして発揮された（どちらも、ありえない経路をたどって密室に侵入した）。ならば、オランウータンの行動が単なる「真似」であったように、デュパンの分析の成果（警視総監の頭の切断）もまた、なんらかの「真似」の結果でなければならない。鏡の前で船員の真似をして、さらに床屋の真似をしたオランウータンの鏡像がデュパンなのであれば、分析の天才デュパンもまたさらなる真似っこ遊びの達人に違いない。すなわち、デュパンの分析能力とは、（この物語ではまだ意図せぬ）真似の能力、つまりは、相手の鏡像としてあることだった、ということです。

この章の冒頭で、ポーはデュパンをオランウータンから造形した、と私が述べたのは、このような理由からです。二者の鏡像関係においては、オランウータンがオリジナルで、デュパンがコピーでなければ、この事件においてデュパンの超自然的な分析能力は実現しようがなかったでしょう。彼は犯人の「鏡像」として生まれた人物なので、謎を解けたのです。

こうしてみれば、「犯人はお前だ」の語り手が、読者との知的ゲームで敗者になる運命にあったことがよく分かります。あの語り手は自分が相手の鏡像になるのではなく、知らぬ間に相手を自分の鏡像へと作り上げてしまっていたのでした。だから、私たち読者に負けるのです。彼の語りの中で、グッドフェローが企んだとされる完全犯罪の「計画」は、語り手自身の計画のそっくりなコピーでした。あの語り手は、ポーの鏡像理論が作り上げた典型的な敗者（相手が自分のコピーになる）だった、といえるでしょう。

一方、典型的な勝者（自分が相手のコピーになる）としてのデュパンを、ポーはもう一度描くことになります。そのとき、対オランウータンではまったく鏡像関係に無自覚だったデュパンが、雄弁に鏡像理論を語り出すことになるのです。はたして、デュパンはそれをうまく「分析」できるでしょうか。

第七章　アナリシスとアナロジー

デュパン・シリーズの第三作にして最終作の「盗まれた手紙」は、デュパンが手紙の盗難事件を解決する物語です。この作品は推理（短編）小説の傑作として知られています。しかし、犯人の正体が謎とされることはありません。被害者がD大臣の犯行を目撃しているのですから。また、事件自体も手紙の盗難という地味なもので、ある論者は「犯罪事件としては矮小で……デュパンの活躍の記録としていかにも物足りない」と断じています。[*25] そこにはオランウータンが人を殺して密室から消えたときのようなインパクトがありません。物語の中心的な謎は、D大臣が手紙を隠したやり方にすぎないのです。これでは、第一作の「モルグ街」から後退したように見えても仕方がありません。

もちろん、ポー自身としては前進している、今回はもっと複雑な事件だ、と思っていたはずです。それは警視総監の次の言葉が物語っています。手紙の捜索が手詰まりとなり、デュパンにアドバイスをもらいに来たとき、警視総監はこう言います――

ご存じの通り、パリのどんな部屋でも引き出しでも開けられる鍵を私は持っています。この三ヶ月間ほとんど、私自身も参加して、D大臣の邸宅を捜索しました。……泥棒のヤツが自分よりも鋭い男だと納得したので、捜索を諦めたんです。思うに、手紙が隠されそうなところは隅々まで調べたのですが。〔978〕

今回は密室の謎を超えている、とポーは誇示しているのも同然です。どんな部屋でも解錠できる鍵を警視総監は持っている。もはや密室など問題にならないのです。しかし、事件を解決できない。このときポーは「手紙は明らかに邸宅内にある」〔978－79〕と語り手に発言させています。ならば、手紙が見つからないのは、オランウータンが消えたことより不思議でしょう。

オランウータンが物理的にいなくなったのに対し、手紙はその空間内に存在しているはずなのに、まるで透明人間のように消えてしまった。ないものが見えないのは当たり前ですが、あるはずのものが見えないとはどういうことか。どちらも消失の謎でありながら、現場は密室から衆人環視の空間――警察が全てを見られる部屋――へと裏返されている。このようにしてポーは第一作の謎をヴァージョンアップし、より難度の高い謎を作りました（そしてこの謎は「犯人はお前だ」でさらに発展し、衆人環視の中での不可視の殺人として、あるいはテキスト上に「ある」はずなのに読者が「ない」と思ってしまう殺人として、開花することになるのでした。この意味で、「犯人はお前だ」は「盗まれた手紙」の現実版だったのだと思います）。

言い方を変えれば、「モルグ街」でのフィジカルな謎は、「盗まれた手紙」でメタフィジカルな謎へと進化したわけです。今回の謎——存在しているはずのものが見えない——は、見る側の認知力の機能不全が生み出した問題です。それは視力の問題ではありません。実際、警視総監は万能な鍵に加えて、特別な拡大鏡も持っています（「もっとも強力な拡大鏡を使って、部屋の中の全ての椅子の横木も、それに実際すべての家具の接合部を調べたんです」［980］）。それを使っていれば、前回の釘は発見できたかもしれません。しかし、今回は役に立たない。それは手紙の問題がフィジカルなものではなく、元々目に見えないメタフィジカルなものに関わっていることを示唆しています。後に、盗まれた手紙が捜索者に突きつける謎とは、あるはずのものを見えなくさせてしまう認識の謎、ようは脳みその謎だと分かります。その点で、「盗まれた手紙」は「モルグ街」より野心作だと言ってよいのかもしれません。

「モルグ街」では、二つの謎が提示されていました。デュパンの超人的な知力とオランウータンの超人的な体力のうち、後者の謎は解かれますが、前者は表向きには解かれることがありませんでした。そこで「盗まれた手紙」では、前回は裏テーマにとどまっていた分析の謎——分析することができない分析力の謎——の方をメインに据えたといえます。物理的な手紙の行方がメインの謎だと見なすと、この物語にがっかりするかもしれませんが、本当の謎は、警視総監とデュパンの違いを生んだ「ものの見方の謎」あるいは分析能力の謎なのです。

子供のゲーム

「盗まれた手紙」では、分析の謎の答えが明確に示されます。あるときデュパンは八歳の少年の言葉に感銘を受けたことを明かします。その少年は、相手が手に握ったビー玉の数が偶数か奇数かを当てるゲームの名人です。彼には原則があって、それは「対戦相手の鋭さを観察して測ること」そして「分析者の知性を相手に一致させること」[984]なのでした。少年が言うには――

> 相手がどのくらい賢く、どのくらい愚かか、どのくらい良くて、どのくらい悪いか、相手がそのとき何を考えているのか、そういうことを理解しようとするときには、自分の顔の表情をできるだけ正確に相手の表情に合わせるんだ。そしてちょうどその表情に合った考えや感情が自分の頭や心に浮かび上がってくるのを待つんだ。そうすれば分かる。[984]

なんと、この少年も自分を相手の鏡像にすることでゲームに勝利するのです。

しかしそれにしても、これは分析とは何かの答えになっているのでしょうか。注目すべきは、常識的な意味ではこの少年はなんら分析らしい分析をしていない、ということです。

少年は相手の心の内を読むとき、将棋の棋士のように一手一手丹念に考えていくことをしません。ああすればこうなるだろう、こうすればああなるだろうと理屈に頼って推論したりはしません。単に相手の表情を真似るだけ。二人の表情に鏡像関係が生まれると、それに引き続きもう一つの鏡像関係――外面的な表情と内面的な感情や考えとの照応――が生じるのです。少年はそれを黙って待つだけです。そのプロセスには論理など介入しようがありません。しかし、これが分析とは何かについてのポーの答え、こう呼んでよければ、ポーの鏡像理論なのです。

密かにライバル心に燃えていたのでしょうか。ジャック・ラカンは、この少年の方法を反証しようとしました――ラカンとは鏡像段階の理論の提唱者として知られる著名な精神分析医です。「盗まれた手紙」についてのかの有名なセミナーで、ラカンは次のように問いました――「私がこの少年のようなやり方で相手の手を読んでいることが相手に分かってしまったら、相手は私をだますために愚かなフリをするのが一番だと気づくだろう。そんな段階では、どんな知的なゲームになるのだろう」[*26]。結局は、どちらがより馬鹿になれるかの勝負に成り下がるだろう、ということでしょう。著名な批評家バーバラ・ジョンソンによると、ラカンは自分の教室で少年のテクニックを実験したそうです。すると結果は、「どちらのプレーヤーもビー玉を失うこととなった」[*27]。「ビー玉を失う」とは、英語の慣用句で「頭がおかしくなる」（仏語だと perdre la boule）という意味にもなるので、ラカンの予想通り、現実世界の鏡像ゲームでは、どちらが馬鹿になれるかを競うことになった、ということです。

冗談としては気が利いていますが、まさかラカンは本気で、少年の理論が実行可能かどうかが問題だと思ってはいなかったでしょう。もしも本気ならば、「はたしてオランウータンは主人のひげそりを真似するだけで人の首を切り落とせるものだろうか？」と問うのと同じぐらいズレています。すでに議論したとおり、オランウータンの怪力の意義は、それがデュパンの精神的怪力と平行関係になっているところにあったのでした。少年の真似っこテクニックも、デュパンの分析能力の謎との関係においてのみ意義を持つものです。この少年もデュパンのように、相手の心の中という「密室」に侵入できるのです。閉じているはずの相手の窓をどうすれば解錠できるのか。かつてデュパンは一つ一つ語り手の連想の糸をたどることで自分の侵入経路を説明しました。しかし、この少年はそんなまどろっこしいことは省いて、鍵は相手の鏡像になることだ、と一気に種明かしをして見せたのです。あるいは分析のキモは論理（演繹や帰納）ではないのだ、と言ったも同然なのです。

人まねの得意な猿のようなこの少年こそ、デュパンの原型なのでしょう。デュパンのゲームでも同じことが言えるのですから。デュパン、D大臣、警視総監が繰り広げる手紙の所有を巡る戦いでも、勝敗を分けるのは相手を正確にコピーできる能力なのです。

デュパンは少年のゲームの話をする前に、警視総監の敗北を次のように説明していました——

警察の捜査法は、その種のものの中では良質で正しく実行されたんだが、欠点があった。そのやり方はこの事件や犯人には適用できないんだ。警視総監が用いる一連の高度に精密な手段は、いわばプロクルーステースのベッドになってしまっていて、そちらの方に彼は自分の捜査を無理に合わせてしまう。だから目下の事件に対して、深すぎるか浅すぎるかして、いつも間違えてしまう。子供たちのほうがうまく推論するよ。［983 - 84］

ポー全集の編集者マボットによると、プロクルーステースという古代の盗賊は、一つのベッドのサイズに合わせて、犠牲者の体を伸ばしたり、足を切って縮めたりしたのでした[994]。デュパンはプロクルーステースのベッドを引き合いに出すことで、警視総監の捜査方法がいつも同じサイズであることを揶揄しています。警察の捜査は、犯人の知性のサイズではなく、自分たちの手法の方に合わせて行われている。この目的と手段の倒錯ゆえに、警視総監は犯人の鏡像になることができない。今回の手紙の捜査では、総監はD大臣の知性に合わせることより拡大鏡という手段を優先して、それで見つけられそうな家具の隙間などを捜した。自分ならそのような場所に隠すだろうという予断もあった。ようするに、総監は大臣の知性のサイズを勝手に縮めて、自分のサイズに合わせてしまった。いわば、相手を自分のコピーにしてしまったから失敗した。正しくは、自分の方が大臣のコピーにならねばならなかったのに、ということでしょう。

この原則——相手の鏡像になった者が勝つ——を踏まえて、「モルグ街」でのオランウータンとデュパンの鏡像関係を思い出して下さい。フィジカルな超人とメタフィジカルな超人である両者が双子のような関係であるとしても、むしろ本当の問題はその先にあって、「どちらがどちらの鏡像であるか」が推理小説という分析の物語にとっては大切な問いだったわけです。あの少年が相手の鏡像になることで勝利するなら、同様に、デュパンの方が犯人の鏡像にならなければなりません。デュパンがオランウータンから造形されたに違いない所以《ゆえん》はここにありました。

このように少年のゲームの挿話は、ポーの推理小説や完全犯罪の物語にとってとても重要なので、それを揶揄するラカンとは対照的に、デュパンはこの少年を賞賛して、マキャベリやカンパネッラなどの歴史的な思想家に比したのでした[985]。

犯罪者としてのデュパン

さて、今回のデュパンの相手であるD大臣は、知性の超人あるいはメタフィジカルなオランウータンです。物語の結末ではデュパンは大臣を評して、「あの恐ろしい怪物」とも「道義心のない天才」とも呼びます〔993〕。あるいは警視総監が大臣のことを「人間に似つかわしいことも似つかわしくないことも、なんでもやってみせる」〔976〕と述べるのも、オランウータンの境界性（人間のような猿なので、原義のマレー語で「森の人間」と呼ばれる）を思い起こさせます。大臣がメタフィジカルなオランウータンであるからこそ、先ほど触れたとおり、オランウータンのフィジカルな消失の謎（密室から犯人が消えた！）に対し、大臣の謎は、メタフィジカルな消失の謎（衆人環視の環境に手紙が存在しているのに目に見えない！）になっているのでしょう。

そして今回も、デュパンは犯人の鏡像になっています。実際、多くの批評家がD大臣とデュパンがいわば双子であることを指摘しています。例えば、どちらも名前がDで始まっていること、大臣の邸宅が「Dホテル」とされ、デュパンの住まいが「Dunôt（ドゥーノ）通り」であること、二人とも詩を作ること、さらに（結末でデュパンは手紙を盗み返すので）手紙を盗むことなどの共通点が挙げられています[*28]。あるいは二人が数学に関心を持っていることを加えて、両者ともに数学者かつ詩人である、とします[*29]。

二人が「双子」ならば、デュパンが犯罪者でもあってもおかしくありません。すでに「モルグ街」の結末では、デュパンの「被害者」（警視総監）の頭部が比喩的に切断されていたわけですが、「盗まれた手紙」では、事件の始まりで大臣が行ったこと――手紙をもう一つの手紙と入れ替えて盗むこと――を結末でデュパンがやり返しています。デュパンは最初の大臣邸への訪問で手紙を見つけており、二度目の訪問で、あらかじめ作っておいた手紙の複製を本物と入れ替えることで、手紙を盗みました（ここでもあのオリジナルとコピーのトリックが用いられています）。その「犯罪行為」[*30]ゆえ、批評家たちの議論はしばしばデュパンのモラルへと向かいます。ある者はデュパンを非難し、またある者は、デュパンの動機は大臣への復讐であり、復讐は暴力を正当化するからデュパンは悪くないのだと擁護します。[*31]

しかし、そんな彼らも「モルグ街」の犯罪についてオランウータンの倫理性を問題にすることはないでしょう。もちろん、現実の猿社会の中にも善悪があって、子猿のいたずらは親猿に罰せられるでしょうが、「モルグ街」で凄惨な殺人を犯したオランウータンは罪に問われませんし、また、オランウータンの犯行と平行関係にあるデュパンの「侵入」行為（謎の解決）も同様です。それを精神的家宅侵入だ、プライバシーの侵害だ、と批判するのはいかがなものでしょう。したがって、デュパンが最後に手紙を盗み返すことが犯罪行為であるという指摘は重要でも、そこからデュパンのモラルへと議論を発展させる必要はないのかもしれません。

実は、最後にデュパンがしたことは、手紙の奪還だけではありません。そのときに大臣の手元に残しておいたダミーの手紙の中に、デュパンは一つの仕掛けをしておきました。以前、デュパンは大臣に一杯食わされたことがあったので、今回がその仕返しであることが伝わるようにヒントを残していたのです。

それはクレビヨンの悲劇『アトレ』からデュパンが手書きで写した言葉でした。先に触れた批評家ジョンソンによると、その劇の主題は「復讐」であるだけでなく、劇中に王妃が浮気相手に書いた手紙を王が盗む場面もあるそうです。それゆえジョンソンは、最後に残されたアトレの引用は、デュパンのやったことが「復讐の行為であり、オリジナルの犯罪［D大臣による手紙の窃盗］を複製する（duplicate）ものでもある」ことを示唆している、とします。ジョンソンは精神分析批評の影響を受けているので、ここから「盗まれた手紙」が「反復の物語」であり、フロイト的な「反復強迫」が物語を駆動している、と見なします*32。そうなのかもしれません。

ジョンソンのクレビヨンの劇内容に関する発見は、ポーの入念さをうかがわせるもので、大変重要でしょう。ただ、デュパンが大臣を「コピー」（duplicate）しているのは、反復強迫というより、あの少年が相手の顔を「コピー」するのと同じで、あくまで知的勝負の原理に忠実だからではないでしょうか。

さらに、物語結末でデュパンが大臣を「コピー」している裏には、一つの重要な観点があります。注目すべきは、最後のクレビヨンの言葉を、デュパン自身が「手がかり」と呼んでいることです。大臣が将来、自分が所有している手紙がダミーに過ぎず、手紙が盗み返されたことに気づく時のことを想像して、デュパンはこう言っています——

「大臣は自分を巧妙に負かした者の正体は誰なのか、ちょっと気になるだろうから、手がかりを与えてやらないとかわいそうじゃないか。彼は私の筆跡を知っているし……」［993］

最後の書き置きが「手がかり」であるとは、そこに解くべき「謎」がある、ということを意味しています。筆跡を見て、大臣は直ちにデュパンの仕業だと分かるでしょう。しかしその内容については、ジョンソンがそうしたように、いろいろと調べる必要があるかもしれません。自分が手にした「手がかり」で謎を解くには少々時間がかかる。その過程で、大臣は事の次第を振り返って、銃声のからくりに気づくことにもなるでしょう——あの騒動で自分が目をそらした隙に、ヤツは手紙を盗んだのだ、と。ちょうど「犯人はお前だ」の語り手が騒動の最中にグッドフェローを密かに殺したことに、読者が後で気づくように。そんな謎解きの作業を、今回デュパンは大臣にさせようというのです。

では、それは何のためでしょうか。少なくともこれで、「もう少し知的ゲームを続けようではないか、次はお前が謎を解く番だよ」というデュパンの意図が読者に分かりやすくはなるでしょう。さらには「こうやって反復していると反復強迫を患っているように見えるかもしれないけど、俺たちはただゲームをやっているだけだよね」という声まで聞こえてきそうです。

しかし、それ以上に重要な理由がありそうです。この結末がデュパンの知性の輝ける勝利の瞬間であるならば、それは同時に、デュパンが完全に大臣のコピーになりきった瞬間でもなければならないはずです。そのために必要なのが最後の謎掛けだったのではないでしょうか。

もうすでに「デュパン＝大臣」は明らかではないか、と思われるかもしれません。しかし、二人の頭文字の一致や、詩人かつ数学者という属性などの静的な一致点ではなくて、この物語の筋の展開において、両者が担った役割——動的で交替可能なもの——もまた一致しなければ、ポーは満足しないはずです。

つまり、探偵役のデュパンが犯人役の大臣の鏡像になるには、デュパン自身も「犯人」になり——デュパンの犯罪者性は批評家たちが指摘する通りです——同時に、ここが大切なところですが、大臣にも「探偵」になってもらわねばならないはずです。つまり、両者がオイディプスのような「探偵かつ犯人」になって初めて、デュパンは大臣の完全なる鏡像となれるわけです。おそらくそのために、ポーはデュパンが大臣から手紙を取り戻したところで物語を終えなかった。蛇足とも気取りとも見えかねないクレビヨンからのフランス語の引用で結末を飾った。読者にとってもそれがちんぷんかんぷんであるからこそよいのでしょう。これは「謎」だからです。最後のデュパンから大臣への謎掛けこそ、デュパンと大臣の鏡像関係——デュパンの分析能力の秘密——が完成するための最後のピースだったに違いありません。

アナロジー

さて、ここからは少々ややこしい話です。分析とは何かという謎を、デュパンはすでに、「何と何が等号で結ばれるのか」という問題（鏡像理論のヴァリエーションのようなもの）として議論していたのでした。この物語の中でおそらく最も退屈なその部分を読むと、「何と何が組み合わされるのか」もまた、分析にとって重要であることが分かります。結論から言うと、分析とは、組み合わせを考慮しながら等号を結ぶ、という知的作業のようです。

犯人かつ探偵という二重の役割が暗示される結末より前、すでに明示されていた大臣の知性のサイズは「詩人かつ数学者」[986]という二重性を帯びたものでした。警視総監は、「[大臣]は詩人なんだよ。私に言わせれば、馬鹿と紙一重ってことだ」[979]と言っています。このように大臣を見くびったことが警視総監の敗因のひとつであるとして、デュパンは後にこう言います――「全ての詩人は馬鹿なんだって警視総監は思っているのさ」[986]。つまり、全ての詩人の集合は、全ての馬鹿の集合に含まれている、あるいは一致している、という誤謬の指摘です。この間違った等号(詩人=馬鹿)を作ったがゆえに、警視総監は大臣を正確に「コピー」し損ねた、つまり「大臣=警視総監」という等号を作り損ねた、ということでしょう。こうして、正しい等号を作れるか否かが、分析の成否を左右することが強調されます。

ならば分析とは数学のことではないか、と思われるかもしれませんし、実際、語り手は「数学的理性こそ最上の理性」[986]と信じています。しかし、デュパンはそれを否定して、数学者たちが「『分析』(analysis)という語が『代数』(algebra)に当てはまるかのように思わせていった」[987]にすぎない、と言います。数学は「分析」ではない。なぜなら数学ではどんな二項でも足し算できるけれど、デュパンの分析にとっては、何と何を足し算するか(組み合わせるか)が重要だからです。「数学的公理は、一般的な真理に当てはまる公理ではない」とデュパンは続け、二項を足すと二項の単純な合計にはならない例として、倫理や化学や動機を挙げます。当然ながら「愛」と「憎悪」を合わせるとプラマイゼロになって心に静寂が訪れるわけではなくて、さらに激しく人を苦悩させるでしょうし、逆にわさびは刺身と足し算されて初めて私たちを幸せにします。オレオとミルクや、ジョン・レノンとポール・マッカートニーなどの組み合わせも、二項の単純な合計以上の価値を持ちます。分析も同じで、「何と何を組み合わせるか」に成否がかかっている、ということをデュパンは言っているようです。

そしてこの後、デュパンはフィジカルなものとメタフィジカルなものに等号が成り立つことを指摘して、こう言うのです――

「物質的世界には」とデュパンは続けて言った。「非物質的世界と正確に類比（analogies）的なものが多くある。だから隠喩も直喩も表現を飾るだけじゃなくて、議論を良いものにするのだ、という修辞学の考えもまんざら間違っていないのだ。たとえば、慣性の法則は、フィジカルなことにもメタフィジカルなことにも同様に当てはまる。大きな物体を動かすのは小さい物体より大変だ、という真実と同じぐらい真実なのは……巨大な能力を持つ知性は劣った知性よりも、いったん動き出せば強力で、継続的で、大きな成果を出すのに対し、初動の段階ではなかなか動き出さず、ためらいがちに進んでいく、ということだ」［989］

「ああ、三年寝太郎のことだな」と私たちなら了解しますが、ここでポーは物理的巨人であるオランウータンとメタフィジカルな巨人であるデュパンの鏡像関係を振り返っているのかもしれません。加えて大切なのは、デュパンが比喩について語っていることです。比喩は単なる飾りではなくて、むしろ思考の一様式である、その心は、比喩を使うには、二つの一見無関係な事象に、対応関係を見出す必要があるからだ、ということでしょう。つまり、思考あるいは分析とは鏡像関係の発見であり、隠喩や直喩はその知的活動の言語面での表れなのでしょう。デュパンはここで、大きな知性を大きな物体に喩えることで、比喩が分析であることを実際に示しましたが、「モルグ街」の散歩の場面では、彼は洒落のような言葉の連想ゲームに頼って分析をしていました。洒落もまた、意味の上ではかけ離れた二語を、共通する音を頼りに結びつける言語行為だからでしょう。それが上手なのは韻を操る詩人なので、詩人的能力と分析能力は、ポーにとっては似通っていたのだと思います。どちらも、双子関係の発見がキモなのです。

デュパンは分析（アナリシス）は代数（アルジブラ）ではないと言いました。では何なのか。おそらくアナリシスはアナロジー（類推）だと言いたかったのではないでしょうか。アナロジーとは、まさに慣性の法則を使ってデュパンがデモンストレーションを行った思考方法です。そして類推が分析であるからこそ、ポーは死の前年、『ユリイカ』で類推を武器に宇宙の謎を解き明かそうとまでしたのです。月が地球を中心にして周り、地球が太陽を中心にして回る、という事実から類推して、ポーは宇宙全体の回転構造を把握しようとしました。そのやり方から、ポーにとって分析とは何かが分かります――

> 演繹にも帰納にも等しく目をつぶり、銀河に属するあらゆる天体は、その全体の回転をつかさどる中心点とみなされる一つの巨大な球体の周囲を公転していると想像していただきたい。諸星団からなる、ひとまわり大きい星団に所属する各星団は、むろん、同様に配置され

構成されていると考え、つづけて、この「類推」を満足させるために、これらの諸星団もまた、さらに荘厳な球体のまわりを公転していると想をすすめ……このように永遠に連続する状態こそ、ある種の人たちが「類推」と称するものの命令によって空想が描き、理性が考えるところの、可能なかぎり満足のゆく全体像なのである。[*33]

分析の方法として知られる演繹と帰納を脇に置き、類推によって宇宙の全体像に迫ろうとポーは論を進めています。言い換えれば、太陽系を、より大きな星団の小さな「鏡像」と見なし、さらにその星団を一回り大きい星団の「鏡像」と見なしながら、ポーは思考します。

そして最終的には、「不合理ならざる類推によって一つの仮説をもうけることができよう」として、[*34]宇宙全体が回転運動の中心に、渦巻きに吸い込まれるようにして、全て集まって消滅するという未来を想像します。いわばビッグクランチです。そこで物質世界は終わるが、それは神の心臓の収縮であって、次の鼓動でまた新しい世界が生まれるとし、さらに「神の心臓とは――いったい何か？　それはわれわれ自身の心臓にほかならない」と結論します。ポーの分析すなわちアナロジーがたどり着いた最終真理とは、私たちと神との鏡像関係だったのでした。

このあとポーは、もうこの世では書くことがなくなったと感じたようです。究極の鏡像関係を発見したので、もう分析の楽しみがなくなったのかもしれません。「『ユリイカ』を終えたので、もう生きる気力がないのです。あれ以上の物は何もできないでしょう」とポーが義母に宛てた手紙に書いたのは、謎の死を遂げるちょうど三ヶ月前のことでした。[*35]

第八章　謎のカギをひねり戻す

類推によって宇宙や神の真理に迫ろうとしたポーは、同じような思考法と目的を持っていた当時の超絶主義者たち――直感によって神（非物質）と世界（物質）の照応関係を見出す作家や思想家たち――にどこか似ています。その中心人物エマソンに対するポーの酷評は第二章で少し触れましたが、エマソンもポーを見下げて「ジングルマン」（「韻律だけのジャラジャラ詩人」ぐらいの意）と呼びました。エマソンはいわばポーの敵ですが、発想の仕方に本質的な共通点がある。まるで犯人の鏡像となる探偵デュパンのように、ポー自身も人生の終わりに敵を映し出し始めていたのかもしれません。

冗談はともかく、そのような影響関係はここでの関心事ではありません。この終章でも鏡像関係をとことん詰めていきましょう。ポーにとってデュパンが理想的な分析者――自身が鏡となって類推を体現している者――だとすると、今度は逆に、それをヒントにすれば他の人物たちが分析に失敗する理由が分かるかもしれません。最後にその可能性を追求してみたいと思います。

ポーの物語では、分析の成功者より失敗者たちの方が圧倒的に多く描かれます。先述したとおり、ポーは自分が作った謎を自分で解決することの限界を知っていたので、謎が解かれない物語を好んで書いたのは当然の成り行きでしょう。解決のカタルシスで読者を楽しませるよりも、謎の中に登場人物も読者も置き去りにするのです。登場人物たちは自分の身に一体何が起きているのか分からないので、ある者は恐怖し、あるいは驚愕し、またある者は絶望しています。

もう私たちは、なぜポーの人物たちが謎を解けないのか想像がつきます。おそらく彼らはデュパンと違って、類推に失敗している、つまり、納得のいく鏡像関係をつかみ損ねているのでしょう。ならば、私たちは、彼らがうっかり信じてしまったねじれた鏡像関係を、ねじり戻してみることができるはずです。そうすればきっと謎が解ける。これから、謎に満ちた三つの作品を読みながら、どこまでできるか試してみたいと思います。

アッシャー家は崩壊したのか

ポーの代表作『アッシャー家の崩壊』（1839）は、謎だけでできているような物語です。その結末では一つの超常現象が起きたように見えます。歴史ある屋敷の主、ロデリック・アッシャーが双子の妹であるマデリンとともに死に、その直後に、家そのものも崩壊し、その脇にある池に飲み込まれていきます。そこから逃げてきた語り手が、アッシャー家の悲劇の生き証人です。ゴシック怪奇小説として読まれて当然の物語だとは思います。

しかし、この結末においても、ある鏡像関係がねじれて提示されているだけなのかもしれません。ポーはこの物語で直接語られることのない元の鏡像関係を想定していた。私にはそのように思われてなりません。

この物語で、もっとも目立つ双子の関係は、もちろんアッシャー兄妹です。ロデリックとマデリンは双子なのでした。カタレプシーという体が一時的に硬直する症状に苦しんでいる妹と、見守る兄という関係が表にありますが、これまで見てきた鏡像同士がそうであったように、兄妹のあいだにも一種の緊張関係があります。あるとき、妹が死んだと判断した兄と語り手は、棺を地下室に運びます。しかし、数日後にマデリンは息を吹き返し、棺の蓋をこじ開けて階段を上がって語り手とロデリックの前に現れます。妹は兄に倒れかかり、恐怖のあまり兄は死に、妹も息絶えるのです。

「箱から出てきた死者」に驚いて人が死ぬという展開は、「犯人はお前だ」で箱から飛び出したシャトルワージーの死体とグッドフェローの「ショック死」を思い起こさせます。しかし、本当はあのとき語り手がグッドフェローを殺していたのならば、ロデリックもショック死ではなく、殺されていたのかもしれません。実際、マデリンが棺桶の蓋をこじ開けるには、ちょうど「犯人はお前だ」の語り手が箱の蓋を開ける際にハンマーとノミを使ったように、何らかの道具を使ったはずで、彼女が兄の前に現れたとき、その手は空っぽではなかった可能性があります。しかし、「犯人はお前だ」より五年早い「アッシャー家」の中心的関心は、解決可能な完全犯罪ではなく、むしろねじれた鏡像関係の連続投入で謎を作ることにあったように思います。

というのも、双子のアッシャー兄妹が同時に死ぬ場面は、第一のクライマックスにすぎず、この後もっとあり得ない第二の「双子」の崩壊が起きるからです。その双子とは、アッシャー家の人間と、彼らが先祖代々住み続けた屋敷のことです。物語が始まってまもなく、語り手はこの奇妙な関係について語っていました——

屋敷の特徴と住人の特徴が完全に一致しており、それは長きにわたって互いに影響を及ぼし合ってきたからだろう。……それゆえ屋敷の呼称である「アッシャー家」が、家族のことも含むようになり、二つは一つになっていた。［399］

屋敷と住人の奇妙な双子関係は、劇的な結末を準備しています。そこでは両者がほぼ同時に崩壊するという「超自然現象」が起きます。しかしそのとき、読者は驚きながらも納得してしまうでしょう——家と住人は双子なんだから、住人たちが死んだ後に家が崩壊するのも無理はない、と。

おまけにこの直前、読者はもう一つの双子の崩壊——アッシャー兄妹の同時崩壊——も見ているのですから、なおさら納得です。二つの「双子の崩壊」自体が「双子」になっている。二つの鏡像関係自体を鏡像関係にしている。ポーはいつもの入念さで鏡像の迷宮を作り、読者を惑わせているのです。

この物語には、さらに印象的な第三の鏡像関係があります。それはフィクションと現実の双子性です。アッシャー兄妹に死が訪れる直前まで、語り手はロデリックに本を読み聞かせていました。その本では様々な音が描かれているのですが、語り手がそれらを読み上げると、不思議なことに、同じような音が実際に聞こえてきます。本の主人公がドアを打ち破れば、似たような音がロデリックと語り手に聞こえてくる。主人公に棍棒で打たれたドラゴンが断末魔の叫びを上げると、実際に語り手の耳に「この世のものとも思われぬ叫び」が聞こえてくる。主人公の盾が床に落ちる場面を語り手が読み上げると、たちまち真鍮の盾が落ちたかのような金属音が犀敷に鳴り響く。つまり、フィクションと現実が一つになってしまう。正確には、現実の方がフィクションの鏡像になってしまうのです。

こんなことがあり得るのでしょうか。少なくともロデリック自身は、この奇妙な現実とフィクションの「双子の関係」という謎を、次のように読み解きます――

隠者のドアが破られ、ドラゴンが断末魔の叫びを上げ、盾がガランガランと音を立てる！――というよりむしろ、妹が棺桶を引き裂き、妹の牢屋の蝶番《ちょうつがい》が耳障りな金属音を上げ、地下の銅張りの通路で妹がもがいている音だ！［416］

妹が目の前に出現するより早く、音の発生源は妹なのだ、と兄は理解します。音の発生源の謎――私たちは、この謎が「犯人はお前だ」の腹話術に発展することを知っています――について、ロデリックの謎解きは正しいようにも見えます。そしてロデリックの恐怖感も、正しく報われ、実際にマデリンによって死に至るのです。

しかし、ロデリックが説明できないのは、なぜ語り手が読み上げている本の中の音が、現実に先行しているのか、という謎です。いわば、フィクションがオリジナルで、直後に現実がそれを繰り返す、すなわちコピーになっている。このありえない謎のなかに自分が取り込まれていることにロデリックは触れません。「どうしてお前の読み上げた音が、実際に聞こえてくるんだ？」と語り手を問い詰めることもありません。ちょうど「のこぎり山」の語り手が、医師がでっち上げたフィクション――オルデブがオリジナルでベドローがそのコピーになっていること――を現実としてすんなり受け入れてしまったように。そしてその語り手同様、ロデリックもこのありえない鏡像関係の謎を特に不思議に思うこともなく、ましてそれを解き明かそうともしません。

オリジナルとコピーの区別について、ロデリックはすでに鈍感でした。この数日前、あろうことか、彼は妹の仮死状態（死のコピー）を本物の死と取り違える失態も演じていました。そして妹を棺桶に入れてしまったのでした。

その点では語り手も同罪です。語り手はロデリックと共に棺桶の蓋を閉じたのですから。棺桶を地下室に運んだ後、二人は今一度マデリンの顔を観察しますが、仮死と死の取り違えは解消されません――

若さの盛りにあった女性を死に至らしめた病は、カタレプシーの症状が出るすべての病では珍しくないことだが、彼女の胸と顔にかすかな赤みに似たものを残していたし、くちびるにもあやふやな微笑みが残っているかのように見せていた……。［410］

念入りなことに、この引用箇所の直前で、ポーは語り手がもう一つ似たような失敗を犯していたことにも触れています。語り手はロデリックと幼なじみで、長い付き合いであったのですが、なんと、このとき初めてアッシャー兄妹が「双子」であったことに気づいたのでした。棺の蓋を開けたときのことです――

> 私たちはまだネジで留められていなかった棺の蓋を少しずらし、そこを住処とする人の顔を見下ろした。そのとき、兄と妹が驚くほど似ていることに私は初めて気がついたのだ。するとアッシャーは、おそらく私の考えを見抜いて、故人と自分が双子だったという趣旨の言葉を二、三つぶやいたのだった。［410］

ポーのこの畳みかけは見逃せません。語り手はこの瞬間まで兄妹が「そっくり」であることに気づき損ねていたのです。つまり、信じられないほどの認識の機能不全が、二つの「双子関係」に関して――真の死と仮死の混同と、兄と妹が双子であることの見逃し、という形で――同時に描かれているわけです。

ここで私たちは「犯人はお前だ」のあの二重の「間違い」を思い出すでしょう。後の全集編集者たちが修正してしまったポーの「書き間違い」（ペニフェザーがグッドフェローの「相続人」とされた部分）を、語り手自身も「間違い」と呼んでいたのでした。あのときの絶妙の重ね方を、ポーはここでもやっているようです。

では、一体なぜ、ポーはこのようにあり得ない重なり——「双子」関係を見分ける際に繰り返される語り手の度しがたい鈍感さ——を描いたのでしょうか。もちろん、語り手の二重の間違いにこそ、ある真実が隠されているからに違いありません。ちょうど「犯人はお前だ」での二重の「間違い」が真実（ペニフェザーは実際、グッドフェローの死亡時に「完全犯罪者」としての地位を「相続」した）を告げていたように。では、この場合、隠された真実とは何でしょうか。

さて、この後ロデリックは自分の失態のツケを支払うことになります。妹が蘇ってきて、極限の恐怖を味わって命を落とすことになるのでした。では、語り手はどうでしょうか。彼に報いはないのでしょうか。やはり彼もまた、後でさらに派手な恐怖体験をすることになります。兄妹が同時に死んだ後、すぐに屋敷を逃げ出した語り手は、振り返りざまにその屋敷がガラガラと崩れていく姿を目撃するのです——

> 家を見つめていると、壁の裂け目が急に拡がり——そのときつむじ風が強く吹き抜けた——眼球のような月全体が私の目に飛び込んできた——頭がクラクラして、壮大な邸宅が急に崩れていくのが見えた——［聖書の預言者が幻の中で聞いた］大水のとどろきに似た、長く激しい叫び声が聞こえた——そして私の足下の深くてじめじめした池が、ゆっくりと、そして無言で、ばらばらになった「アッシャー家」を飲み込んだのだ。［417］

私たちはこの超自然現象を信じていいのでしょうか。ゴシック小説なのだから、これでいいのかもしれません。語り手が読み上げる本の中の出来事が現実世界でたちまち繰り返されても、双子の兄妹が同時に絶命しても、そして主人の後を追うようにして屋敷が崩壊しても、このような奇妙な一致あるいは「双子関係」の連続を、恐怖小説として楽しむこともできるでしょう。しかし、この二年後には最初の推理小説を書くポーが、なんらかの謎解き可能な物語の萌芽として「アッシャー家」を書いていた可能性があるかもしれません。

たとえば推理小説家であり批評家の平石貴樹氏は、語り手とマデリンが共謀してロデリックを殺害し、火薬と雷を使って屋敷を爆破した、という読み解きを、自身の推理小説『だれもがポオを愛していた』(1985)の登場人物に披露させています。詩人でポーの熱心な読者であるリチャード・ウィルバーの謎解きは、この物語は語り手の夢であった、というものでした。ロデリックという人物も現実の存在というよりは、語り手の「精神的分身」であると見なします。[*36]したがってロデリックの精神的混乱は語り手自身の狂気の反映にすぎず、実際、語り手の語りにはほころびがある——ロデリックと「最後に会ってから何年も経っている」はずなのに、再会したときに「短期間でこうも変わるものか」と驚いている——ことを指摘します。[*37]さらに物語冒頭で、屋敷の窓が人間の目に喩えられていることに注目しつつ、「アッシャーの屋敷は、寓意的事実として、ロデリック・アッシャーの肉体であり、屋敷のほの暗い内部は、実際、ロデリック・アッシャーの幻想的な精神にほかならない」と論じます。[*38]つまり、屋敷はロデリックの分身で、そのロデリックも語り手の分身だ、ということです。ならば、ロデリックが死んで屋敷が崩れても、それもまた語り手の幻想が作り上げた出来事にすぎないのでしょう。おそらくウィルバーを受けて、批評家G・R・トンプソンも、作品中の出来事の根底には、語り手の病んだ精神があると見なします。物語が語り手のゆがんだ認識を通して語られている以上、「本当にあの屋敷が分解して池に沈んだのか、私たちは確信できない」わけです。[*39]

私もアッシャーの屋敷は実際には崩壊していないと思います。ただし、単に語り手の頭がおかしいからというより、語り手が極端に「オリジナルとコピーを見分けられない」人物だからです。あるいはアッシャー兄妹が双子であることになかなか気づかないほど「双子関係」に鈍感な人だからです。彼は、「犯人はお前だ」の村人たち（グッドフェローの「自白」が、その声を「コピー」した語り手の仕業だと見抜けなかった）や、「のこぎり山」の語り手（オルデブがオリジナルで、ベドローがその「コピー」だと思い込んだ）と同じように、鏡像関係を見分けるときに致命的な失敗を犯してしまう者なのです。

結末での語り手の大失態を準備すべく、ポーは冒頭から大きな鏡を描いていました。馬に乗った語り手の目の前にアッシャーの屋敷が現れます。すると異様な胸騒ぎがします。なぜか。不思議に思いながらも、語り手は「この景色の中の個々の要素や細部が、ちょっと配列を変えるだけで、悲しげな印象を変えたり失わせたりするはずだ」［398］と考えて、池を見下ろします——

そう考えて、私は馬を池の縁まで導いた。そこに留まっても、黒く気味の悪い池は水面を乱されることもなかった。のぞき込むと、前にも増してぞくぞく身震いし、水面には……う

つろで目のような屋敷の窓が、逆さに形を変えた像《イメージ》となって映っていた。［398］

語り手の言うとおり、池に映った景色も、見る角度によって配列が変われば、印象が変わっていたでしょう。このとき語り手は水面という「鏡」に映った屋敷のイメージ、すなわち「コピー」を見て、いっそうの胸騒ぎを覚えています。この後すぐに語り手は、家の鏡像を見て奇妙な思いを強めた、と繰り返します――

池を見下ろすというういくぶん幼稚な実験をしただけで、最初の奇妙な印象を深めることになった、と述べたばかりだ。私の迷信――他に呼びようもないだろう――が急に強まるのが意識され、意識するとさらに迷信が強まったのだ。……だからこそ、水面に映った像《イメージ》から家本体へと目を上げたとき、私の心に奇妙な空想が湧いてきた。全く馬鹿げた空想だが、私を圧倒した感覚に生き生きとした力があったことを伝えるためにだけ言及するのだ。［399］

このように物語の始まりから、水面という鏡に映った家の「イメージ」(image すなわち「像」)が、自分の空想や迷信を強めた、すなわち超自然現象を現実だと思い込む誘因となったと、語り手はしつこく述べていました。この後、家の鏡像が増長した迷信――フィクションとリアリティーのあり得ない入れ替わり――を、語り手は現実のものとして経験していくことになるのです。そして物語の結末で、語り手は再びこの池、すなわち「鏡」の前に戻ってきます。そのとき、語り手はまたもや水面に映る屋敷の鏡像を見ているに違いありません。そしてオリジナル（家）とそのコピー（家の鏡像）を劇的に取り違えるのです。語り手は「［屋敷の］裂け目が急に拡がり……つむじ風が強く吹き抜け……邸宅が急に崩れて……足下の……池」に消えていく姿を描写して物語を閉じます。もはや語り手は、そのとき自分が見ていた光景が、単に疾風が吹いて波立った水面に映る途切れ途切れの屋敷の鏡像にすぎなかったことに、気づくことはないのです。*40

「ウィリアム・ウィルソン」の腹話術師

奇怪な謎が生じるのは、語り手が鏡像関係を正しく認識できないからだ――「アッシャー家」と同じ年に発表された「ウィリアム・ウィルソン」（1839）で描かれる怪奇現象も、元をたどれば、この原理に基づいているように思います。

物語が始まってすぐ、主人公の語り手は「私は夢の中に生き続けてきたのではないだろうか」［427］と問い、現実と夢の区別がつきがたくなっていることを明かします。その混迷の根底には、池の水面に映る像を実像と混同したに違いない「アッシャー家」の語り手同様、鏡像関係についての奇妙な鈍感さがあるようです。彼は早くから自分の分身に出会っているのですが、なかなか相手の正体を確信するには至りません。

物語の結末で、語り手は分身と決闘し、ついに相手を剣で突き刺してしまいます。そのときやっと、自分たちの関係の真相を血みどろの相手の口から聞かされるのですが、果たしてそれを語り手が理解したのかは不明です。どうもまだ分かっていないのかもしれません――しかし、読者は違います。ポーはその場面で、私たちが二人の鏡像関係を正しく認識できるように、絶妙な書き方をしているからです。

さて、主人公が物語全体を通して語るのは、同じ名前を持つ別人物ウィリアム・ウィルソンにつきまとわれ、さまざまな悪事を邪魔されつづけた経験です。分身が主人公の悪事を防ぐというパターン、さらには作品冒頭のエピグラフにも「厳格な良心」への言及があるので、多くの読者は、この分身が語り手の良心の化身であると考えました。文豪マーク・トウェインもそう解釈し——彼にとって良心とは、自分を罪の意識で苦しめる憎らしい存在でした——この物語をいたく気に入って、自らの作品でも良心の化身をずたずたに引き裂いて殺してみせました（「コネチカットでの最近の犯罪のカーニバルについての真相」）。その結末はブラック喜劇です。主人公はその後、良心の呵責を感じることなく犯罪を楽しむ人生を送ることになるのです。一方、ポーの物語の結末では、分身を殺すところは同じでも、語り手が解放感を味わうことはありません。むしろそれは真の転落の始まりでした。しかし、その理由は良心を殺したからでしょうか。もしそうならば、ポーは少々道徳くさい物語を例外的に書いたことになってしまいます。

分身に出会うまで、語り手は幸せでした。自分が人生の主人だったからです。彼の支配力は、さらに周囲の者たちにも及んでいました——「自分よりあまり年上でない生徒たち全員の上位に立っていた」［431］と豪語します。そもそも語り手は、幼児の頃から家族を支配する人物でした——「私の声は、一家の法律となった。幼児用の誘導紐を普通は外してもらえない年でも、私は自分の意志に導かれるままに振る舞い、名実ともに、自分の行動の主人となったのだ」［427　傍点は筆者〕。

「犯人はお前だ」をすでに読んでいる私たちは、この幼児の異常な自立が、自分を操る「紐」がないことと「声」の支配力によって成り立っていることが気になるでしょう。ポーはこのような表現で、主人公を「独立した幼児」というよりむしろ「生きている人形」として早々に提示しているのではないでしょうか。糸や紐（あるいは鯨骨）で操られることもなく、自分の声で話すことができる、この二つが「自分が自分の主人であること」の証となる。つまり、自分は「操り人形ではなかった」（死体ではなかった）と言っているようにも聞こえる。語り手自身はこの先も気づくことはないのですが、ポーは、分身に出会うまでの語り手を「（まだ）人形ではなかった人間」として、この段階から設定しているように思います。裏を返せば、「これから人形になる人間」なのであり、実際、ポーはこの語り手を「操り人形」――人間の複製・コピー――へと転落させていくのです。人形が人間になる『ピノキオ』とは逆の展開です。当然、彼が悲劇の頂点に到達するのは、自分の声を失い、代わりに「腹話術師」に声を与えられる瞬間でなければならず、実際、結末ではその通りになるのです。

そもそも、物語は語り手の次の一言で幕を開けます――「自分のことを、当面、ウィリアム・ウィルソンと呼ばせて欲しい」〔426〕。「我が一族は嫌われている」と語り手は続けるので、ここでは一族の汚名を避けるために名字を変えねばならなかった、ということでしょう。だとすれば、語り手はファーストネームの「ウィリアム」を変える必要はないので、上の名前を複製するかのようにして架空の名字「ウィルソン」を作り出したのかもしれません。こうしてポーは、初めから語り手に「コピー」としての名乗りをさせていたのではないでしょうか。

語り手は続けて、一族の名はこの世から追放されたも同然で、この世の価値ある物ごとに対して「永遠に死んでいるようなものだ」〔426〕と述べます。なぜそこまで言うのでしょうか。それは、この語り手も死人同然でなければならない、物語の必然があるからだと思います。少なくとも私たちはすでに、「のこぎり山」の冒頭でベドローが死者になぞらえられていたことを知っています。ベドローはオルデブの「コピー」として医師に利用され、催眠術師である医師が（「犯人はお前だ」の腹話術師のように）「死者」あるいは腹話術人形にすぎないベドローの口を操りました。ならば同様に「死者」として物語に導入されたウィリアム・ウィルソンも、これから過去を振り返って、似たような物語――いわば人形／複製／死体となる人間の悲喜劇――を語ることになるのでしょう。

さて、子供の頃、学校で支配的な地位にあった語り手に、唯一反抗したのが彼の分身でした。上級生をも従えるようになったと語った直後、唯一の例外がいて、それが「親戚でもないのに同姓同名の生徒」〔431〕であったことを明かします。さらに「仲間たちの中でこの同姓同名の生徒だけが……私の意志に服従することを拒否し、さまざまな私の命令に逆らったのだ」〔431〕と続けます。このように、語り手と分身ウィルソンの間で起きているのは、どちらが主人か、どちらが相手を支配するのか、という力の争いのようにも見えます。語り手はこうも言っていました――「もしこの世に完全で際限のない独裁があるとすれば、少年の支配者による独裁で、あまり活発でない級友たちに向けられたものだ」〔431〕。先述のトウェインなら、だからこれは専制的な良心との戦いの物語なのだ、と思うかもしれません。しかし、私たちは「完全なる支配」と聞いて、操り人形と主人の関係をこの物語でも思い浮かべてよいと思います。

当然ながら、「どちらが支配するか」とは「どちらが支配されるか」を巡る戦いでもあるはずです。語り手は主人のポジションを争っていると思っているようですが、その裏では「どちらが人形に成り下がるか」が問われていてもおかしくありません。にもかかわらず、語り手は自分が人形／複製／死体になりうる可能性を想像だにしないようです。この後も、自分が独裁者であることへの挑戦を受けている、としか認識しません。

裏返せば、語り手は分身ウィルソンを自分のコピーとしてしか見られない、ということです――

あいつは言葉でも行動でも、私を完全に真似ようとしたし、なんと見事にその役を演じて見せたことか。私の服装をコピーするのは簡単だった。歩き方や振る舞いも、難なく自分のものとした。あいつは生まれつき喉が悪かったが、それでも私の声を真似た。もちろん、私の声の大きさは無理だったが、口調は同じだった。あいつのいつもの囁き声が、私の声のエコーに成りきったのだ。［434－35］

言動も容姿も声も、せいぜい分身は自分のコピーにすぎない。とくに分身の声は唯一の相違点でもあったのですが――「私の敵は、口と喉の器官が弱くて、非常に低い囁き声よりも大きな声を出せないのだった」〔433〕——その声さえも自分そっくりな「エコー」として語り手に響いてきます。

ここに、語り手の盲点があるのだと思います。自分がオリジナルで分身はコピーにすぎないと信じて疑うことがない。これが真の問題であることは、彼らを取り巻く人々の反応からもうかがい知れます。彼らは、語り手よりさらに鈍くて、鏡像関係の存在自体に気づきもしないのです。ポーのダブルの物語では、第一に鏡像関係を発見し、第二にどちらがオリジナルでどちらがコピーなのかを問う必要がありました。第二関門での語り手の失敗が話のオチとして機能するには、まず第一関門で失敗する人々が描かれねばなりません。その役割を果たすのが級友たちです。彼らは鏡像関係に異様なほどの鈍感さを見せるのです。

あり得ないことでしょうが、級友たちは二人の競合関係に気づいていません——「級友たちは、理解しがたいほど盲目で、あいつが優位だとか、張り合っているとか、想像すらしていないようだった」〔432〕のです。分身と自分が「同じ背丈で、全体的な体つきも顔つきも奇妙なほど似ている」〔434〕と語り手自身は認識しているのですが、一方、「級友たちは誰一人として、私たちが似ていることを話題にしたことがなかったし、気づきさえしていなかった」〔434〕のでした。ちょうど、「のこぎり山」の鈍い新聞編集者が、ベドローとオルデブの鏡像関係を気にも留めていなかったように。

級友たちが二人の鏡像関係に気づいていないことは再度強調されます。そのとき私たちは、この分身のことを「犯人はお前だ」や「のこぎり山」の完全犯罪者たち——正体を認識されない者たち——のように感じるでしょう。

あいつの精巧な肖像画法はどれほど私を苦しめたか、書き記せるものではない（というのも、ただの風刺画程度の真似では済ませられないものだったので）。しかし、一つ慰めになったのは、あいつのモノマネに気づいているのはどうやら私だけで、同姓同名のあいつの奇妙にいやみで、分かっているよという微笑みに一人で耐えておけば済むことだった。あいつは思い通りの効き目が私の心にあっただけで満足し、痛みを与えたことに密かにほくそ笑んでいるだけのようだった。自分の知的な企ての成功が当然受けるべき世間の賞賛などには、あいつらしく無関心だったのだ。実際、学校全体があいつの企みにも成功にも気づくことはなく、あいつの嘲笑に加担することもなかった。何ヶ月も落ち着かなかった自分としては、人々の無反応は解けない謎だった。〔435〕

分身ウィルソンが成し遂げたことに他の誰も気づかず、自身で自慢することもない——この極端で異常にも思われる状況は、しかしながら、私たちには初めてのことではありません。ポーの描いた完全犯罪者たちのように、分身ウィルソンもまた自分の成功の味を一人でかみしめている存在なのです。ならば、彼はさらに、誰にも気づかれずに——級友たちだけでなく、少なくとも鏡像関係は自覚している語り手にも悟られずに——ただのいたずら程度のモノマネを超えて、一種の「完全犯罪」を成し遂げることになってもおかしくありません。そして、その方法も、私たちには想像がつきます。巧妙な完全犯罪者たちが、オリジナルとコピーを入れ替えることで人々を騙したように、分身ウィルソンも同じことを語り手に対して行うに違いありません。

この引用で語り手は、自分と分身との鏡像関係にすら気づいていない級友たちの鈍感さを不思議がっています。しかし、語り手自身の頭脳にも致命的な制約があることも同時に暗示されています。彼は、この「肖像画」のモデルが自分である——自分がオリジナルである——ことは疑わないのです。後に「のこぎり山」の語り手が、あの肖像画のモデルをオルデブだと信じ込んでしまうように。

逆に言えば、人に気づかれることのない完全犯罪のような分身の所業が、語り手にとって「解けない謎」でありつづけるのは、語り手の盲点——分身ウィルソンの方が「肖像画」（コピー）を演じているという思い込み——ゆえでしょう。すでにこの語り手は、ポーの描く典型的な敗者の素質を持っています。それゆえ、私たちはもう結末を予想することができます。後の敗者（死者）たちが、その口を腹話術師や催眠術師に自由に操られてしまうように、この語り手の口もまた、分身に乗っ取られることになるでしょう。

さて、結末に至るまで語り手は分身に負け続けます。学校を転校しても問題は解決せず、進学した大学にも分身が現れます。語り手が賭トランプで、ある金持ちの学友をだまして大金をせしめようとしたときです。マントに身をくるんで顔を隠した分身が登場し、語り手がカードに細工したことを学友たちに暴露します。語り手は逃げるようにして、大学を退学してヨーロッパに向かいますが、行く先々で分身は現れ、語り手の犯罪的行為の数々を未然に防いでしまいます――やはり分身は語り手の「良心」なのだ、という気がするかもしれません。しかし、良心は分身ウィルソンのようにおしゃべりであってよいのでしょうか。良心はその持ち主にルールを守らせる存在であっても、その悪事を世間に暴露するものではありません。私たちは「良心」に口がないことを知っているし、そのことを内心ありがたいと思っているのではないでしょうか。

　暴露癖のある分身ウィルソンは、良心というよりは、むしろ探偵に類比的だと私は思います。分身は語り手の隠された悪事を明るみに出す探偵的な存在である……「おいおい、ついさっき分身は完全犯罪者のようだと言ったではないか。犯罪者が探偵とはどういうことか」という疑問も湧きましょう。ならば、探偵デュパンを思い出して下さい。「盗まれた手紙」の結末で、デュパンは手紙を盗み返したことをまだ相手（大臣）に気づかれていない、いわば完全犯罪者でもありました。それは最高の分析者としての探偵は、犯罪者をコピーする存在だからでした。（良心ではなくて）犯人の鏡像が犯罪を暴露するのです（逆に、デュパンに「良心」をついつい求めてしまうと、彼の犯罪者性が気になってしまい、先述の通り、デュパンの道徳性の議論になるのでしょう）。どうやら「ウィリアム・ウィルソン」でも似たようなことが起きているようです――分身ウィルソンも犯罪者の鏡像として（結末のどんでん返しまでは）機能しつづけるがゆえに、犯罪を暴露できる。この構図は、ポーが最初の推理小説でデュパンをオランウータンの鏡像として描く二年前のこの作品で、すでに出来上がっていたのです。

　あるいは、語り手は分身ウィルソンの服装がことごとく自分と一致しているので何度も驚かされるのですが、それも「盗まれた手紙」の少年――この推理ゲームの達人は、敵の表情（外面）を完全にコピーすることで、その内面を見抜いていた――を思い出せば納得いくはずです。語り手がどんなに凝った服装をしても分身がそれを完全にコピーした服を着ているという奇妙なパターンは、後に名探偵の原理へと発展していくことになるのでしょう。

ただし、名探偵の萌芽としての分身は、いつまでも犯人の鏡像であり続けるわけではありません。最後に「完全犯罪者」のように、オリジナルとコピーを見事に反転させて見せるのです。

語り手と分身の積年の対決は、ローマでの仮面舞踏会で決着することになります。人妻を誘惑しようとしていた語り手の前に分身が現れたとき、語り手の怒りは頂点に達します。別の部屋に分身を引き込み、そこでめった刺しにします。そのとき、語り手は「巨大な鏡」を目にします。鏡のような池が描かれた「アッシャー家」と同様な結末です。今回の語り手は、「鏡」に自分の血まみれの姿を見出します。しかし、実はそれは鏡像ではなく、刺された分身ウィルソンその人でした――

大きな鏡が――混乱していたので、最初はそのように見えた――それまでは何もなかったはずのところに立っていた。極度の恐怖の中、私がそれに近づくと、私自身の像が――ただし、顔はすっかり青ざめて血まみれで――弱々しくよろよろとした足取りで、私に向かって近づいてきたのだ。

しかし、そう見えたと言ったとおり、違っていたのだ。それは、私の敵――私の前に立っ

て、死の苦しみの中にいたのは、ウィルソンだったのだ。〔447－48〕

これがポーの用意していた答えです。語り手は自分の「鏡像」を見ていたのではなかったわけです。

実像を鏡像と取り違えるという、一見あり得ないけれども実に明確なオチは、私たちの「アッシャー家」の読みが的外れではなかったことを教えてくれています。ほぼ同時期に書かれた二つの作品は、同工異曲の結末を持っていたことになるわけです。池に映った屋敷の鏡像が実像と見間違えられるというトリックを、ポーは単純にひっくり返し、実像の方を鏡像と勘違いする語り手を描いたのです。

こうして物語の結末で、語り手の盲点――分身を自分のコピーとしてしか見ていなかった――が見事に突かれました。ここで明らかになっているのは、どちらが主人かという支配権を巡る分かりやすい問題の答えだけでなく、どちらがコピーだったのか、さらに言えば、どちらが人形、あるいは「死体」になるのか、という問題の答えでもあります。屋敷の鏡像問題と違って、語り手自身に関わる鏡像問題は、当然、彼に重大な帰結をもたらします。似た勘違いをしても難を逃れた「アッシャー家」の語り手とは対照的なところです。

さて、最後に語り手の目の前に立っている血まみれのウィルソンは、自分そのものでした――「ヤツが着ている服の糸一本まで、ヤツの際立って特異な顔立ちのシワ一本まで、完全に一致して、私自身のものだったのだ！」〔448 強調原文〕。しかし、語り手のように、この不思議な鏡像関係に驚愕するのではなく――それは語り手も読者もすでに気づいていたはずです――私たちはこの場面を「どちらがオリジナルでどちらがコピーなのか」という問いの答えとして受け取らねばならないのです。

それを明確にしているのが、最後の数行です。先ほどの引用の続きです。

……私自身のものだったのだ！

それはウィルソンだった。しかし、彼が話し始めたとき、その声はもはや囁きではなかった。

「君が勝って、私は負けた。しかし、これ以後、君もまた死ぬ――この世でもあの世でも希望が失せた死者となるのだ。私の中にだけ君は存在していたのだ――私が死ぬとき、君そのものの姿である私の姿を見れば分かるだろう、君がどれほど完全に自分自身を殺してしまったのか」［448］

謎を解く鍵は、ウィルソンの声です。

最後の台詞をしゃべったのは確実に分身のウィルソンです。語り手が「私自身が話しているように思ってもおかしくなかった」と言っているので、裏を返せば、事実として語り手は黙っていた。語り手の口は動いていなかった。しかし、そこに分身の普段の低い声ではなく、語り手そっくりな声が響いてきます。

この状況の意義にピンと来るのは、私たちがすでに「犯人はお前だ」の腹話術のシーンを読んでいるからです。分身は人形に声を与える腹話術師のように、無言の語り手の口に、自分の声を被せてきたのです。このときの語り手が、「犯人はお前だ」のグッドフェローと同じ位置にいることが私たちには分かります。殺され、無言となったグッドフェローに、腹話術師は都合の良い「自白」の言葉を与えたのでした。ならば今回、分身に真相（「私の中にだけ君は存在していた」）を語らされているかのような状況にいる語り手も、物語的には「死者」であるはずです。だからこそ分身は、語り手が「死ぬ」と繰り返しているのでしょう――「君もまた死ぬ――この世でもあの世でも希望が失せた死者となるのだ」。

では、語り手はこのとき、自分がどこに行き着いたのかを――分身の方がオリジナルで、自分がコピーである状態を――理解できたのでしょうか。この腹話術的状況を考えると、語り手が真相にたどり着けないことが暗示されているのかもしれません。もう彼は自分のオリジナルを殺してしまったので、これからは主を失った影法師として生きていくしかありません。自分を縛り付けてきた糸を切り離してみたら、どさっと床に崩れ落ちて生気を失った人形のように。分身が言うとおり、語り手はもはや、いかなる希望に対しても「死者」になってしまったのです。

それは自分の運命を把握できないまま死刑宣告を受けた者の絶望に等しいでしょう。実際この四年後、ポーはある語り手をオリジナルとコピーの謎で翻弄し、最後は同じく「腹話術」を使って混迷の地獄に突き落とし、絞首台送りにするのですから。

「黒猫」の謎は解けるのか

「黒猫」（1843）の語り手は、おそらく「ウィリアム・ウィルソン」の語り手以上に、鏡像の謎を解けない人物です。

しかし今回、語り手が混乱するのは無理もないことです。なぜなら、ポーはいわば鏡像の引っかけ問題を出題して、語り手あるいは読者をダブルの謎に沈めようとしてくるからです。この作品では、複雑な鏡像関係がさらに「アッシャー家」よりも紛らわしく描かれることになります。

さて、罠のようなダブルとは、語り手の前に現れる姿形のそっくりな二匹の黒猫のことです。あるとき妻が黒猫を手に入れます。妻は「全ての黒猫を魔女の化身」[850]とする迷信を口にするものの、二人は猫をプルートと名付けてかわいがります。しかし、やがて酒におぼれるようになった語り手は、妻と猫をぞんざいに扱うようになり、あるとき、猫にかまれたことをきっかけに、ナイフで片目をくりぬいてしまいます。猫の傷が癒えたころ、今度は猫の首に縄を掛け、木に吊して殺してしまいます。その晩、語り手の家が火事になり、焼け残った漆喰の壁には、不思議なことに、首に縄が付いた猫の正確な似姿が浮かび上がっています――「レリーフ」[853]に喩えられる猫の複製は、「ウィリアム・ウィルソン」や「のこぎり山」で言及される「肖像画」の変奏でしょう。こうして、「黒猫」でも、コピーとオリジナルの問題が幕を開けるのです。

この後すぐに語り手はプルートにうり二つの黒猫に出会います。家に連れ帰った猫をよく見てみると、なんと猫は片目です。さらに妻に促されて黒猫の胸に生えている白い毛を見ると、それは絞首台の模様に見えます。こうなると、誰が見てもこの猫は、首を吊されたプルートの蘇りで、この二匹の猫の双子関係という怪奇現象に心を奪われます。

しかし、二匹目の猫は単にプルートのコピーなのではなく、コピーのコピーなのかもしれません。その胸に白く浮き出た絞首台の模様は、首をくくられてぶら下げられたプルートの姿を思い起こさせるでしょう。しかし縄を掛けられたその姿はすでに「レリーフ」として壁に浮き出たものでした。壁の「レリーフ」はプルートの複製ですから、第二の猫はそのレリーフの複製を胸に抱いていると見なせるかもしれません。第二の猫が「コピーのコピー」であるというのは、ひとまずそういう意味です。すでにこの時点で、この物語のオリジナルとコピーを巡る問題は、入れ子構造の様相を呈しているようです。

さて、自分の罪の印である第二の猫に苦しめられ、語り手は妻に対してもますます怒りを爆発させるようになります。そんなある日、妻と建物の地下室へ下りようとしていたとき、まとわり付いた猫に激怒し、斧を猫に打ち下ろそうとした語り手は、妻にそれを止められ、今度は発作的に妻を殺してしまいます。地下室には漆喰を塗ったばかりの壁があったので、それを崩して、壁の内側に妻の遺体を隠し、再び壁を塗り直しておきました。後に捜査に訪れた警察官たちも、まったくそれに気づきません。こうして、語り手は完全犯罪に成功したかのように思われました。

語り手は勝ち誇ったように、警官たちの前でその壁を叩いて見せます。すると、そこから何ものかの声が聞こえてくるのです。警察が壁を崩すと、妻の死体と、その頭上に乗って鳴いているあの黒猫が現れます。語り手は知らぬ間に猫を死体と共に壁に埋め込んでしまっていたのでした。

こうして猫の声が、事件の真相を暴きました。警察は犯人を逮捕して、一件落着です。謎の解明です。しかし、語り手にとってそれはむしろ謎を深める声だったはずです。事実、語り手は死刑前夜になってもまだ、自分を「恐怖させ、苦しめ、崩壊させた」出来事を因果で整理することができず、苦悩しています。語り手は「あとで、たぶん、どこかに知的な人が見つかって、私の心象［現実が知覚によってゆがめられたもの］をありきたりなものに整理して……ごく自然な因果関係の普通の連なりにすぎないと見なすかもしれない」［850］と読者に期待するかのように語ります。

この物語で、読者は探偵のように犯人捜しをする必要はありません。犯人と被害者の正体は明らかです。読者が解くべき謎は、語り手が自分の運命の根底にあると想定している「ごく自然な因果関係の普通の連なり」とは何なのか、です。

では、その謎をアンロックする鍵は何なのか。今回の事件で、警察が事件の謎を解く手がかりにしたのは、言うまでもなく、あの黒猫の声でした。それをきっかけに、警察は死体を発見し犯人の正体にも行き着いたのでした。では、読者にとってはどうでしょうか。あの猫の声は同時に、警察が突き止めて満足した真相以上のもう一つの真相があったことを、読者に伝えていたのではないでしょうか。その声を振り返ってみましょう――

私が叩いた音の残響が消えゆくやいなや、墓の中からの声が私に答えたのだ！　最初は途切れがちでくぐもった叫びで、まるですすり泣く子供のようだったが、すぐに大きく長く続く叫びとなり、それはまったく異常で人間にふさわしくないものだった。咆哮だ。地獄に落ちた人の喉が発する苦痛の声と、断罪する悪魔たちの喉が発する喜びの声が結合されたような、恐怖と勝利が入り交じった、甲高い金切り声だった。［858－59］

この時点で語り手は、自分が妻の死体と共に猫も壁に塗り込めてしまったことにまだ気づいていません。得体の知れぬ声をなんとか聞き分けようとしているようですが、彼は壁からの「叫び」を猫の声として聞くことは、当然できません。他方、本書をここまで耐えて読んできた皆さんには、この声が一種の「腹話術」として聞こえてくるはずです。

結末を知ってからこの部分を読み返せば、猫の声とも妻の声とも読み取れるような、あいまいな書き方がされていることがわかります。ちょうど「犯人はお前だ」でのグッドフェローの死体の描写と同じです。あのときポーはグッドフェローの様子をあいまいに——生きているようにも死んでいるようにも読み取れるように——書いていました。そしてそのとき、村人たちも一つの奇妙な声を聞いていたのでした。死体の動かぬ口にセリフを当てていた腹話術師の声です。

それと同様のテクニックが、すでに「黒猫」でも発揮されていたわけです。ここでも鍵は死体に声を与えた「腹話術師」としての猫の声です。ただし、その効果は全く逆になっています。「犯人はお前だ」では腹話術師が死体に当てた声は完全犯罪の達成を助けましたが（謎をロックする）、「黒猫」では死体の頭上で鳴いた猫の声は、語り手の完全犯罪を暴きます（謎をアンロックする）。ポーは同じ仕掛けを、まるで物理的な鍵のように、謎をロックするときにもアンロックするときにも使うわけです。

繰り返せば、この時点で語り手は、壁からの叫び声が猫の声だと判別できません。それを「地獄」あるいは「墓」からの声であると思い込みます。壁の向こう側にいる死者として語り手が知っているのは、殺された妻以外にはいませんから、悪魔たちの声に混じって聞こえてくる死者の声を、語り手は死んだ妻の声として聞いたに違いありません。

声の元に関するこの誤認こそが語り手の真の失敗だったのでしょう。

一義的には、不用意に壁を叩いたせいで猫が声を上げたことが、語り手の転落を招きました。その因果は明確です。しかし、刑が確定して法的には全てが明らかになった後も、語り手には解きがたい謎があったのでした。自分の転落の背後にあるより深い理由——自身が見つけられない「ごく自然な因果関係の普通の連なり」——とは何なのか。

彼はそれを解くための鍵に巡り会っていたのに見過ごしていたようです。その鍵とは、もちろん猫の声です。語り手は、その声を無言であるはずの妻の声と勘違いしてしまった。ちょうど村人たちが腹話術に騙されたのと同様に、この語り手は、無言の死体に被せられた腹話術のような猫の鳴き声——死者そっくりな「コピー」にすぎない声——を死体オリジナルのものだと思い込んだ。語り手の転落の原因とは、このようなコピーとオリジナルの混同だったのだと思います。

実際この後、ねじられた鏡像関係がねじり戻されることで、謎の答えが暗示されることになります。物語の結末は、語り手の悲劇の根源を具体的に示しています。警官たちが壁を崩すと——すでにひどく腐敗して血糊で固まった死体が、見る者たちの眼前に直立していた。死体の頭には、あのぞっとするような獣が、赤い口を広げて一つ目を火のようにして座っていた。
［859］

「一つ目」は、この猫がいわば転生したプルートとして、語り手に復讐したことを物語っているように見えるかもしれません。殺した猫が蘇り、自分を殺しにやってきた——後に語り手もそう理解し、二匹の猫の超自然的な鏡像関係を確信したことでしょう。しかし、同時にこの場面では、猫の真っ赤な目と口が、血だらけの妻の顔とトーテムポールのように連なっています。この直前には、妻の無言の口に猫の声が重ねられていたのですから、今度はさらにヴィジュアル的に妻と猫がセットで提示された、と見なしていいはずです。

つまり、こちらが鏡像関係の「答え」であるはずなのに、語り手はそれを捉え損なった。二匹の猫の双子性に目を奪われて、語り手は最後の最後まで猫と妻の双子性に気づかなかった、というわけです。

言い換えれば、語り手は自分がかつて殺したプルートを「オリジナル」だと信じていた（ちょうど「ウィリアム・ウィルソン」の語り手が自分自身の「オリジナル」性を当然視して、問題にもしていなかったように）。しかし、あの猫（の声）が結果的に妻をコピーしていたことが示しているように、第二の猫の元であるプルートも、実はすでに妻の「コピー」であったのかもしれません。もしそうならば、語り手のプルートへの愛は妻への愛のコピーであり、「プルート殺し」は「妻殺し」の先取りされたコピーだった——語り手を惑わすことになるこの時系列の逆転は、「のこぎり山」ではオルデブとベドローの時系列の反転として、完全犯罪に利用されることになります。「のこぎり山」の語り手が、「作家」としての医師が操るそのトリックにだまされるように、「黒猫」の語り手もプルートのオリジナル性を疑うことは一切なく、それゆえに、猫が妻のコピーである、すなわち猫と妻が鏡像関係にあると気づくことがないのでしょう。

実際、語り手より冷静な少なからずの読者が、これまで猫を妻の代理表象であると見なしてきました。詩人でポー学者のダニエル・ホフマンは「黒猫＝魔女、であり……魔女＝妻、ゆえに、黒猫＝妻である」と断定しています。*41 確かにプルートを見て、魔女の話を持ち出したのは妻でし、絞首台の形をしている第二の猫の白い毛に注意を向けたのも妻でした。ホフマンの指摘する通り、妻を殺した後、語り手が「ぐっすりと落ち着いて眠った」［857］のも不思議です。その理由を語り手は、猫が姿を消したからだと言いますが、彼が意識していない本当の理由は、妻が消えたからに違いありません。*42 あるいは、プルートを殺して語り手がひどく嘆いたのは、むしろ妻殺しにふさわしいリアクションだと指摘する研究者もいます。*43 そして、議論に濃淡はあれ、語り手による妻殺しを、抑圧され続けた語り手と妻の間の愛憎劇が最後に表面化した、と見なします。

私が猫と妻に鏡像関係があると考える理由はすでに述べましたが、語り手が妻を憎む理由については、男女の愛憎劇を超えた、さらに深い理由があると思います。なぜなら、どうも「黒猫」は、もっとめくるめく鏡像の物語のように思われるからです。妻と猫の他に、さらなる鏡像関係が重なっているようなのです。まず第一に、それは「ウィリアム・ウィルソン」同様、自分と自分の「コピー」との関係です。

プルートの目をくりぬくという最初の悪行を犯す直前、怒りに駆られた語り手はこう言っていたのでした――「もう自分自身のことが分からなくなった。私のオリジナルの魂（my original soul）が、一瞬にして、私の体から飛び去ったようだった」〔851〕。

つまり、この物語にとって決定的な出来事――片目の黒猫の誕生――が起きたとき、語り手は「オリジナル」の自分を失っていた。では、ウィリアム・ウィルソンが物語の結末で、自分の「オリジナル」を殺した後、彼はどうなっていたでしょうか。物語の冒頭で、彼はその後の人生を振り返り、「堕落の度合いが突然に増した」〔426〕と述べていました。つまり、オリジナルを失って「コピー」あるいは影法師にすぎなくなると、地獄行きの人間にふさわしく悪行の限りを尽くすようになる。同様に、「黒猫」での異常な語り手の残虐行為も、そのとき「オリジナルの魂」（「良心」とは呼ばれないのです）を失っていたことに帰せられている。ならばその瞬間、この語り手にもオリジナルの自分とコピーの自分の分裂が起きていた、ということではないでしょうか。このようなもう一つの鏡像関係が、この物語には存在しているようです。

実際、次にプルートに致命的な残虐行為を行うときにも、語り手は再び自己の分裂を経験しているようです。まず、プルートに冷たくされ、「まだ昔の心が残っていた」〔852〕ので、つまり、あの「オリジナルの魂」が残っていたので、「悲しかった」と言います。ところがそこにもう一つの「霊魂」（spirit）である「the spirit of Perverseness がやってきた」〔852〕のです。普通、Perverseness は「天邪鬼」と訳されますが、まさにそれは自分とは別存在の「鬼」と呼んでいいものです。そんな鬼に自分を乗っ取られた語り手は、「自分自身を苦しめたい、自身の本質に暴力を与えたいという、理解しがたい渇望」〔852〕の虜になってしまいます。

まるでポーは「ウィリアム・ウィルソン」を繰り返しているようです。あの語り手は憎悪に燃えて自分の「オリジナル」を殺して失ってしまった。そして、オリジナルのないただのコピーに成り下がると、人生の転落を味わうことになる。今回は「黒猫」の語り手が「オリジナルの魂」を失ったとき——あるいは「影の自分」になると同時に——自己破壊行為として、黒猫の首をくくってしまう。そして彼の人生も転落していく。ここでも、「オリジナル」の喪失と自己破壊（自分殺し）は、ほぼ同時に起きています。

しかし、「黒猫」には「自己対自己」というウィルソン的図式に加えて、さらなる鏡像関係があります。この語り手は、自分を破壊する行為として、実際にはプルートを殺したのですから、プルートと語り手の間に双子関係があることになります。「黒猫」にも「ウィリアム・ウィルソン」のような自己分裂のテーマがあるのなら、黒猫は語り手の分身として殺された、ということでしょう。「猫＝妻」に加えて「猫＝語り手」という図式の登場です。

あるいはさらに、分身ウィリアムが実はオリジナルで、コピー（語り手ウィルソン）の「主」であったなら、黒猫と語り手の主従関係もひっくり返っている可能性すら浮かび上がってきます。黒猫を殺したとき、この語り手もまた、自分の主あるいはオリジナルを抹殺した、ということなのかもしれません。こうなると「猫＝妻のコピー」に加えて、「猫＝語り手のオリジナル」という線も考えたくなります。

たぶん答えは出ません。猫殺し＝自分殺し＝妻殺しならば、さらに妻が語り手の鏡像である

（いや、妻が語り手のオリジナルかもしれない）可能性も生まれてしまいます。そして実際、ポーが他の作品で描いた夫婦関係を考慮すると、妻と夫の鏡像関係はあり得ることだと思います。ならば、妻殺しは自分殺しでもあることになり（事実、妻殺しの帰結として語り手も自分の命を失うことになる）、語り手の憎悪は自分自身に向けられていたのかもしれません。なんであれ、猫殺しを単なる妻殺しと見なすだけでは足りないようなのです。このように、「黒猫」で連鎖的に発生している数々の鏡像（プルート、レリーフ、第二の猫、妻、語り手、語り手の分身）をたどってみれば、どれがオリジナルでどれがコピーかを判別することは困難で、語り手から隠された真実を「猫＝妻」と特定して終わり、では済まされないでしょう。

「アッシャー家」や「ウィリアム・ウィルソン」から四年後、どうやら「黒猫」は読者に謎を解かせるのではなく、解けそうで解けることのない謎へと誘い込み、読者の理性を打ち負かす作品へと進化を遂げたのかもしれません。冒頭で、「謎を解いてくれ」と語り手に懇願させ、それに誘われた読者が、謎解きに参戦する。そこで非常にあからさまな鏡像関係（そっくりな二匹の猫）を見せられる。これをダミーと見なした読者は、真の鏡像関係を探し出す。そして、猫と妻が双子であることを発見する——ここまでならば、ポーはこれまでより、やや複雑な謎を作ったにすぎないでしょう。しかし、宇宙論が、太陽系から銀河系へ、さらに他の無数の銀河へ、そしてその先は多元宇宙論へと拡大されうるように、ポーはさらに多元的な鏡像関係へと——語り手自身がウィリアム・ウィルソンのように分身との双子であり、その分身の分身がプルートであり（つまりプルート殺しは自分殺しであり）、プルートのオリジナルである妻も語り手の鏡像かもしれない（ならば妻殺しも自分殺しである）――そんな拡人を続ける鏡像関係へと物語を発展させたのかもしれません。先述した宇宙論『ユリイカ』が示すとおり、ポーは実際、類比関係を拡大させながら思考する人でした。

おそらく「黒猫」は、次々に反転していく鏡像関係の連鎖の中に読者を引きずり込む、合わせ鏡のような物語なのでしょう。物語の謎を解明しようとする企図は、ことごとく打ち砕かれる。なぜ焼け残った壁にプルートの似姿が浮かび上がったのか、なぜ二匹目の猫は片目のプルートに生き写しだったのか、そのようなコピー／鏡像の連続出現の謎は解きようがありません。むしろ、あり得ない出来事を書き記すことで、ポーはこの作品自体が謎だけでできている（つまり答えがない）底なしの作品だという「注意書き」を与えてくれていたのかもしれません。それを無視して、あるいは逆に誘惑されて、読者が謎の世界に足を踏み入れてグルグルしてしまう経験は、はたして快楽でしょうか、それとも身の破滅でしょうか。いずれにしてもそれは、ポーが「メェルシュトレエムにのまれて」（1841）で描いたような、大渦巻きに飲み込まれる経験に近いはずです。

分析の天才であるデュパンは、自身が鏡を体現していました。彼は、分析の対象を自らに映し出すことで相手の精神の「密室」へと侵入するメタフィジカルなオランウータンでした。しかし、相手がD大臣のようなデュパン自身の頭脳の「双子」であった場合、すなわち、相手もまたデュパンの鏡像になり得る場合、一体物語はどこで終わるのでしょうか。「盗まれた手紙」の結末では、大臣の方に謎を解く番が回ってきたところで、二人の知的ゲームの物語は幕を閉じました。

しかし、原理的には、その鏡像合戦はひたすら続くはずです。そのとき何が起きるのでしょう。やはり鏡像ゲームの果ては、どちらがより愚かなのかを競うようになる、と言ったラカンは正しかったのでしょうか。ポーの分析的知性の本質が鏡像関係・類比関係を鋭敏に感知する力であるならば、彼の天才は鏡像の底なし沼に飲み込まれていく狂気と紙一重のところで、危うく花開いていたのかもしれません。

あとがき

私は子供の頃から読書が好きだったわけではなく、ポーの作品に初めて触れたのも、恥ずかしながら大学院修士課程に入学した年でした。今は亡き國重純二先生のポー演習で私が最初に担当した作品は短編「約束」で、これは歯が立たずに沈没。しかし、次の「ナンタケット島出身のアーサー・ゴードン・ピムの物語」では、先生は私の発表を気に入って「英文学会の新人賞に応募するといい」と勧めて下さいました。当時、予備校で教えて学費と生活費をまかなっていた私には、なかなか授業のレポート以外に何かを書く時間はなく、さらに翌夏、別の演習で発表したフィッツジェラルド論を先に投稿論文にしたので（「乗り物と替え玉：The Great Gatsby を動かす法則」『英文學研究』七〇巻一号）、結局「ピム」の投稿論文は修論を書き終えた春休みまで先延ばしになったままでした。それでも、当時も今も愛読している見田宗介著『宮沢賢治——存在の祭りの中へ』からインスピレーションを得、そこでの鍵概念の一つにちなんで「穴と反転」と副題を付けて、なんとか投稿するに至りました（「Poe 解読：穴と反転」『英文學研究』七〇巻二号）。

「竹内君はいろいろ寄り道してもう二十七歳になっているから」ということで、助手（今の助教）に採用してもらった春のことです。

その年（1993年度）の新人賞は、タイミングが悪いことに、後に東京大学教授になるA氏や数々の英語論文・著書を世に問うことになるT氏らの論文との競合になり、それでも拙論が受賞したのは……その数年後に耳にしたことですが、審査委員を務めた成城大学教授の故八木敏雄先生（『「白鯨」解体』の著者）がかなり強めに推して下さったからのようです。結局、お目にかかる機会もなく、当時の先生のご判断が間違いではなかったと証明することも果たせぬままとなりました。自身の力不足に大変悔いが残ります。

今でもそうかもしれませんが、当時の学会は若手研究者に対して教育的な役割を果たしていて、その後、無知な私に対しても、ジョン・アーウィン著『解決の謎——ポー、ボルヘス、そして分析的探偵小説』を書評し勉強する機会が与えられ、「謎の解決」ではなく「解決の謎」（謎を解決する分析能力自体の謎）が人を魅了する、というアーウィンの（またポーの）考えを知るきっかけとなりました。本書の後半でも私なりにその謎に迫っています。

さて、この書評が細い縁となって、アーウィンが教えるジョンズ・ホプキンズ大学で、日本学術振興会海外特別研究員として二年間滞在することになりました。しかし、結局その間、私は最初の著書となるサリンジャー論を日本語で書くことに没頭してしまい、ポー熱はどこかに行ってしまったのでした。またも得意の「寄り道」です。

時は流れて、それから二十年以上を経てのことです。北海道大学大学院の私のゼミでは、多様な要望に応えるためという表向きの理由で、院生の読みたい短編作品（短ければ短いほどよい、という条件付き）を授業の題材にしているのですが、ある院生がポーの「犯人はお前だ」を選んだのです。授業の前夜にしぶしぶ読み始めたときには、これをきっかけに再びポー研究に目覚め、この後六年ものめり込むことになるとは思いもしませんでした。

その翌日、自分が何かを発見してしまったのか、いつものように思い違いをしているのか、後に『謎ときサリンジャー』で共著者となる朴舜起さんを含む学生たちに意見を聞こうとしましたが、私に対する否定的なコメントは陰でする優しさを持つ彼らです。ちょうどその頃、私は別の未解決殺人事件についての本（『謎とき「ハックルベリー・フィンの冒険」』）を出した後だったので、学生たちの顔には「先生またやってる」という苦笑いが浮かぶばかり。それでも全否定されなかったことを心の支えにして、すぐに論文執筆に取りかかりました。

さて、学術研究誌に投稿してから半年後、やっと届いた査読の結果は「修正して再提出」という、私としてはまずまずの結果でした。一人の査読者は諸手を挙げて喜んでくれましたが、もう一人は気むずかしい毒舌家で、お店に不良品を返品する勢いで全否定です。曰く、この論文は、シャーロック・ホームズの相棒ワトソンが実は女だったとか、モリアーティ教授がホームズの兄弟だとかいう類いのもので、「チェリーピッキング」をやっている、とのことです。どらどらと辞書で調べると、「魅力の薄いものを無視して、いいものだけを選ぶこと」（『リーダーズ・プラス』）とあります。都合の良い材料の恣意的な寄せ集め、ということでしょう。

結局、発見から三年後、別のところで活字にしてもらいましたが（"A Hidden Murder in Edgar

Allan Poe's 'Thou Art the Man'" *Mississippi Quarterly* 73. 4［2021］: 527-48）、その後も例の単語のことは気になり続けていました――なぜあの査読者はあそこまで反発したのだろう。なぜ拙論が挙げた証拠に目を向けず、既存の論との類似を強調して矮小化したのだろう。ひょっとして、これはメンツの問題なのか。困ったな。

私は褌《ふんどし》を締め直し、英語と日本語で拡大版を書き始めました。こうなったらチェリーの果樹園が丸裸になるまで、権威に頼ることもトリビアで粉飾することもなく、ひたすら理詰めで論じてみるしかない。そんなわけで本書は、想定される反論にしばしば触れながら書かれました。そのうちのいくつかは実際にあの毒舌家のものだったので、そんな箇所では私の筆につい力が入りすぎてお見苦しかったかもしれません。

書き進めるうち、論文ではうっかり見落としがあったことに気づきました――なんとグッドフェローが語り手の鏡像になっている！　ことほどさように拙論など完璧ではなかったのです。その上、この鏡像トリックの発見が、他のポー作品を読む際にも役立つことが、だんだん分かってきました。本書が「犯人はお前だ」以外にデュパン・シリーズや「アッシャー家の崩壊」や「ウィリアム・ウィルソン」などの代表作へと議論を拡げていった所以です。

本書には学術書的な「結論」の章がないので、ここで簡単に全体を振り返っておきます。皆さんにとって本書に読みどころがあったとすれば、それはどこだったでしょうか。

まずは、ポーの埋もれた探偵小説「犯人はお前だ」の中に未解決殺人事件を発見し、その解決をもたらした主要部分。真実を愛し、自分の頭で考えることが好きな人々に、この発見と謎解きを楽しんでいただけたなら幸いです。またポーの愛読者であれば、「犯人はお前だ」が、定説では最高峰とされる「盗まれた手紙」のさらなる進化形であり、複雑さではデュパンものを超える野心作であること、さらには、同じ年に発表された「のこぎり山奇談」とともに、読者参加型の探偵小説という新しいジャンルまでポーが目論んでいた、という主張に注目されたかもしれません。「犯人はお前だ」の謎解きを足がかりにすれば、さらに「モルグ街の殺人」の裏の構造——探偵デュパンが犯人オランウータンの鏡像であった——まで見えてくることも、重要な展開でした。あるいは「分析とは何か」という哲学的な問題に関心を持つ人は、ポーが「盗まれた手紙」で出した答え（アナリシスとはアナロジーである）に、今日的な意義を見出すかもしれません——たとえば認知科学者のニック・チェイターは『心はこうして創られる』で、「丹念に作り上げたアナロジーが、科学の多くの分野の基礎となっている」ことを指摘し、人間知性の根幹が「アナロジーを編み出し活用する」能力にあると論じています。[*44]また、かつてアガサ・クリスティが『アクロイド殺し』で巻き起こした語りのアンフェアネス論争を知るミステリー小説ファンならば、本書の主張——ポーはとうの昔にその難問を独創的な方法で解決済みだった——を通して、ポーの天才を再認識されたと思います。

私のような昭和生まれで土曜の夜にドリフターズを観て育った世代であれば、「アッシャー家の崩壊」の結末を論じた箇所が意外なツボであったかもしれません。まるでコントの最後にセットが崩壊するかのようなこの作品の結末には、とんだオチが隠されている——平石貴樹先生の

『だれもがポオを愛していた』を愛読する諸氏なら、私が長々と傍点を振ったあの箇所を、駑馬《どば》からの一つのオマージュとして、あるいは本書の裏のクライマックスとして、笑って受け取ってくれたことでしょう。

新潮社には米国の出版社との権利の調整で格別のご配慮をいただきました。おかげで、本書は英語の拙著『ポーの完全犯罪――デュパン物語他に隠されたプロット』(*Poe's Perfect Crimes: Hidden Plots in the Dupin Stories and Others*)とほぼ同時期に発売することが可能になりました(後者は学術書という性質上、材料の選択・配列・分量等が本書と多少異なります)。ゼミで「犯人はお前だ」を選び、後に優れたポー論を発表することになった北海道大学大学院博士課程の単雪琪さん、デュパンものでの駄洒落の重要性を教えてくれた元ゼミ生で名古屋大学准教授の衣川将介さん、ポーについての講演の機会を下さった日本アメリカ文学会北海道支部の皆さん、そして私に火を付けたあの毒舌家さんとともに、関係各位への感謝を心よりここに捧げます。

二〇二四年一二月、今日が國重先生の命日であることに気づいた不肖の教え子

竹内　康浩

註　解

1　ポーの短編小説からの引用は、全て *The Collected Works of Edgar Allan Poe*, ed. Thomas Ollive Mabbott (Cambridge, MA: Harvard University Press, 1978) に拠り、括弧内にページ数を記します。

2　Edgar Allan Poe, "Letter to Phillip Pendleton Cooke," in *The Letters of Edgar Allan Poe*, ed. John Ward Ostrom, 2nd ed. (Cambridge, MA: Harvard University Press, 1948), 595.

3　Edgar Allan Poe, "Original Review" (review of Dickens's "Barnaby Rudge"), *Saturday Evening Post*, May 1, 1841.

4　John T. Irwin, *The Mystery to a Solution: Poe, Borges, and the Analytic Detective Story* (Baltimore, MD: Johns Hopkins University Press, 1994), 204.

5　Xueqi Shan, "'Thou Art the Man' as a Clue to 'The Mystery of Marie Rogêt,'" *The Edgar Allan Poe Review* 20, no. 2 (2019): 240.

6　Xueqi Shan, "Edie's Enigma: Scott's *The Antiquary* as a Source for Poe's 'Thou Art the Man,'" *ANQ* 36, no. 3 (2021): 375.

7　ジェイムズ・サーバー『虹をつかむ男』鳴海四郎訳（ハヤカワepi文庫　２０１４）82－83。

8　Susan Elizabeth Sweeney, "Echoes of Ventriloquism in Poe's Tales," *Poe Studies* 54 (2021): 131.

9　Boyd Carter, "Poe's Debt to Charles Brockden Brown," *Prairie Schooner* 27, no. 2 (1953): 196.

10　C・B・ブラウン『エドガー・ハントリー』八木敏雄訳（国書刊行会　１９７９）２９５。

11　"rapport"『ジーニアス英和大辞典』。

12　G. R. Thompson, *Poe's Fiction: Romantic Irony in the Gothic Tales* (Madison, WI: University of Wisconsin Press, 1973), 147.

13　Thompson, 149–50.

14　Anthony Boucher, Note on "A Tale of the Ragged Mountains," *The Magazine of Fantasy and Science Fiction* 14, no. 3 (March 1958): 86.

15　Thompson, 152.

16　八木、２９４。

17　Carter, 195.

18　平石貴樹『アメリカ文学史』（松柏社　２０１０）１１５。

19　Sir Arthur Conan Doyle, 1887. *A Study in Scarlet*, in *Sherlock Holmes: The Complete Novels and Stories* (New York: Bantam Classics, 1986), Volume 1: 16.

20　Irwin, 196.

21　Irwin, 198.

22　Richard Wilbur, "Poe and the Art of Suggestion," *Studies in English*, New Series 3 (1982): 11.

23　Shosuke Kinugawa, "Taking Yet Mistaking: Puns in 'The Purloined Letter.'" *The Journal of the American Lit-*

erature Society of Japan 14 (2016): 9.

24 J. A. Leo Lemay, "The Psychology of 'The Murders in the Rue Morgue,'" *American Literature* 54, no. 2 (May 1982): 223; Irwin, 200.

25 平石、118。

26 Jacques Lacan, "Seminar on 'The Purloined Letter,'" in *The Purloined Poe: Lacan, Derrida & Psychoanalytic Reading*, eds. John P. Muller and William J. Richardson (Baltimore: Johns Hopkins University Press, 1988), 43-44.

27 Barbara Johnson, *The Critical Difference: Lessons in the Contemporary Rhetoric of Reading* (Baltimore: Johns Hopkins University Press, 1981), 118.

28 Kenneth Silverman, *Edgar A. Poe: Mournful and Never-ending Remembrance* (London: Weidenfeld & Nicolson, 1992), 229.

29 Liahna Armstrong, "The Shadow's Shadow: The Motif of the Double in Edgar Allan Poe's 'The Purloined Letter,'" in *The Selected Writings of Edgar Allan Poe: Authoritative Texts, Backgrounds and Contexts, Criticism*, ed. G. R. Thompson (New York: W. W. Norton & Co., 2004), 868.

30 Armstrong, 868-69.

31 Johnson, 117.

32 Johnson, 133.

33 ポオ『ユリイカ』八木敏雄訳（岩波文庫　2008）160-61。

34 『ユリイカ』八木訳180。

35 Edgar Allan Poe to Mrs. Maria Clemm - July 7, 1849 (LTR-323)

36 Richard Wilbur, "The House of Poe," in *The Recognition of Edgar Allan Poe*, ed. Eric W. Carlson (Ann Arbor, MI: University of Michigan Press, 1966), 265.

37 Wilbur, "Art of Suggestion," 13.

38 Wilbur, "House of Poe," 264.

39 G. R. Thompson, "The Face in the Pool: Reflections on the Doppelgänger Motif in 'The Fall of the House of Usher,'" *Poe Studies* 5, no. 1 (1972): 19.

40 もしもこの語り手が鏡像（双子）関係の認識を極度に苦手とする人物なら、双子兄妹が同時に死んだというのも単なる思い込みなのかもしれません。その先には、兄妹が退屈しのぎに愚かな語り手を（さらには読者を）壮大にもてあそんだという意地悪な可能性すらあるでしょう。次に読む「ウィリアム・ウィルソン」も「黒猫」も、鈍い語り手を容赦なく鏡像関係の罠にはめて慰み者にする物語ともいえます。

41 Daniel Hoffman, *Poe Poe Poe Poe Poe Poe Poe* (Baton Rouge: Louisiana State University Press, 1972), 231.

42 Hoffman, 233.

43 Susan Amper, "Untold Story: The Lying Narrator in 'The Black Cat,'" *Studies in Short Fiction* 29, no. 4 (1992): 479.

44 ニック・チェイター『心はこうして創られる――「即興する脳」の心理学』高橋達二・長谷川珈訳（講談社選書メチエ　２０２２）３０１－02。

解　説――メタ物語の楽しみ

巽　孝之

アメリカ文学を長く専攻していると、毎年秋にはノーベル文学賞の行方を占う各新聞社のジャーナリストからの取材が殺到する。とりわけ一九九三年にトニ・モリスンが受賞してから二〇一六年にボブ・ディランが受賞するまではなんと二十三年もの間、ノーベル文学賞がアメリカに回らなかったのだから、やはりイラク戦争など時の政権の趨勢とスウェーデン・アカデミーの選定基準は無縁ではないのを痛感したものである。

二十一世紀に入ってからは、さらにエドガー賞の行方を尋ねる取材が加わった。こちらは、一九四五年に発足したアメリカ探偵作家クラブが翌四六年に立ち上げ、以来毎年、優れた作品をきちんきちんと選定してきた栄誉ある文学賞。現在は長編小説や短編小説からノンフィクション、テレビ番組などまでも対象にした十三部門から成り、受賞者にはアメリカが誇る探偵小説（推理小説）の父エドガー・アラン・ポーの胸像が贈呈される。

北米の賞なのにどうして最近、我が国でもその動向がフォローされるようになったのか。それは、二十一世紀に入ってから、幾何級数的に増大した日本産探偵小説の優れた英訳が人気を呼び、二〇〇四年には桐野夏生の『ＯＵＴ』が、二〇一二年には東野圭吾の『容疑者Ｘの献身』がそれぞれ長編小説部門の候補に、さらには二〇一八年に湊かなえの『贖罪』がペーパーバック・オリジナル部門（我が国なら文庫オリジナルか）の候補にのぼったからである。日系アメリカ人としては二〇〇七年にナオミ・ヒラハラの『スネークスキン三味線』*Snakeskin Shamisen* がまさにこのペーパーバック・オリジナル部門賞に、二〇二二年には最新長編『クラーク・アンド・ディヴィジョン』*Clark and Division* が同じく部門賞メアリー・H・クラーク賞（サイモン＆シュスター社提供）に輝く。しかし、日本を拠点とする人物がエドガー賞を受賞したのは、目下のところ、一九九八年に早川書房社長・早川浩氏が編集出版上の功績を讃える部門の賞エラリー・クイーン賞を受賞した記録があるのみ。昨今では村上春樹以上に桐野夏生に関心を抱くアメリカ作家が増えており、二〇〇三年に傑作『ダンテ・クラブ』でベストセラーを放ったマシュー・パールや二〇〇七年の『オスカー・ワオの短く凄まじい人生』でピュリッツァー賞を受賞したジュノ・ディアスなどがそろって桐野ファンを自認しているのが、興味深い現象である。じっさい桐野作品の英訳者スティーヴン・スナイダーは原作のモチーフを英語表現でしかできないレトリックで巧みに掬い取っており、その秀逸な訳文に惚れ込む気持ちはよくわかる。閑話休題。

このように日本人の書き手にはまだまだ難易度の高いエドガー賞ながら、二〇一九年のこと、突如として小説部門ならぬ評論・評伝部門の候補に、本書『謎ときエドガー・アラン・ポー』の著者・竹内康浩が英文で執筆した『マークX——誰がハック・フィンの父を殺したか？』*Mark X: Who Killed Huck Finn's Father?*（Routledge, 2018）が挙がり、大きな反響を呼んだ。彼独特の分析スタイルは朴舜起との共著『謎ときサリンジャー——「自殺」したのは誰なのか』（新潮選書、二〇二一年）にも継承されて高い評価を受け、こちらは第二十一回小林秀雄賞を受賞している。同書については、刊行直後に私自身が『北海道新聞』二〇二一年九月二十六日付において書評した。書評草稿のタイトルは「サリンジャーは芭蕉を食す」。我ながらいいタイトルだと思ったのだが、新聞社判断で「禅に造詣——作品の深層再解釈」にねじ変えられてしまったのが惜しまれる。下記に全文をご覧にいれよう。

戦後の米国を代表し、今も世界各国で人気を博す作家J・D・サリンジャー。しかし、作品の深層には思いもよらぬ秘密が隠されていたのではないか。こんな問いかけから、本書は驚くべき作家像を描き出す。

たとえば、初期短編「バナナフィッシュにうってつけの日」（一九四八年）を一度でも読んだことのある読者は、おかしなタイトルのゆえんだけは記憶しているかもしれない。この魚は、バナナがどっさり入った穴の中に入ると貪欲になり、七十八本ものバナナを平らげ太り果てて、とうとう穴から出られなくなるのだ。これを語るのは、妻と一緒にフロリダへ休暇に来ているグラース家の長男シーモア。その相手は母親とビーチでバカンスを楽しんでいる娘シビル。ラストシーンで、ホテルの部屋へ戻った青年は、拳銃で右のこめかみを撃ち抜く。なんとも唐突な自殺だが、三年後の長編小説『ライ麦畑でつかまえて』（一九五一年）は主人公が自爆テロリストまがいの発言をする場面を含む。「バナナ—」前半ではシーモアの精神疾患がほのめかされるから、大半の読者はこれを戦争後遺症を病んだ青年の物語として、無理なく解釈してきただろう。

だが、本書はラストシーンの「青年」（the young man）が本当にシーモアその人なのかどうか、その点から疑いをかける。最大のヒントは同作品が収められる短編集のエピグラフにもなっている禅の公案だ。「両手の鳴る音は知る。片手の鳴る音はいかに？」。この場面にはもう一人の人物がいたのではないか。そして、まさにこの銃声こそがサリンジャーが傾倒する禅で言う「隻手の声」であり、旧来の因果関係に基づいた読みを粉砕する瞬間だったのではないか、と著者たちは精緻にしてスリリングな読みを展開していく。

本書は他にも鋭利な洞察に満ちている。サリンジャーを禅にも造詣の深かった俳人から再解釈する時、もともと芭蕉という植物はバナナを指すことが強調されるのはほんの一端にすぎない。文学作品を読むことの知的快楽にあふれた一冊である。


それから四年。

著者が満を持して放つ『謎ときエドガー・アラン・ポー』が面白くないわけがない。

＊

竹内康浩に初めて会ったのは、彼が一九九三年度に第十六回日本英文学会新人賞を論文「Poe解読：穴と反転」で受賞した直後、慶應義塾大学三田キャンパス研究室棟で開かれた日本アメリカ文学会東京支部月例会の席上だった。同論文はタイトル通り、ポー唯一の中編小説『ナンタケット島出身のアーサー・ゴードン・ピムの物語』（一八三八年）をはじめとする諸作品の作中に穿たれた少なからぬ「穴」（空白）が紙の表裏のみならず上下、可視世界と不可視世界、さらには人間の生死をも鏡像的に二重化し反転させる機能を内在させているという前提から、南氷洋において奇妙な洞窟を内包するツァラル島の緯度経度の数字をも、えいやっと反転させる。するとアフリカ大陸とアラビア半島の間に位置する紅海という穴の底、すなわちエジプトがツァラル島の裏の顔として現れ、島の奇妙な白い四足動物や瀑布の彼方の巨大な人影が実はエジプトのスフィンクスをも暗示していたという結論が導き出される、知的勇気と批評的英断にあふれる解読から成り立つ論文であり、稀有な才能が出現したことに感銘を受けた。それだけに、初対面の挨拶も、よく覚えている。どなたかが彼を「このたび日本英文学会新人賞を受賞した竹内康浩君です」と紹介するや、彼は私に「はい、ピムで書けば受賞できると聞いたので」と茶目っ気たっぷりの笑顔を返したのだ。この時、彼がペロリと舌を出したか——反転させたか？——どうかは今となっては記憶が曖昧だが、私が小説家だったら、物語学的要請によって、間違いなくそのように描写するだろう。

というのも——

日本英文学会は一九二八年発足だからすでに百年近い歴史を持つ日本最大の英語英米文学研究組織だが、一九七八年に同学会が若手奨励のために新人賞を設けたので、当時慶應義塾大学助手だった筆者自身が、一九八四年にポーのまさに『ピム』を論じた論考「作品主権をめぐる暴力」を投稿し、第七回新人賞を受けた経緯がある。当時といえば、一九八〇年前後より勃興したポスト構造主義批評の文脈において、ジャック・デリダ&ポール・ド・マンの影響下にあったフランス系脱構築的アメリカ文学研究では、すでにイエール大学のバーバラ・ジョンソンやカリフォルニア大学アーヴァイン校のジョン・カーロス・ロウらによるポー研究が一世を風靡していたため、そうした風潮を愚直なまでに反映したテクスト分析が拙論の身上だった。書き手ポーのエクリチュールがいつしか自身の手を離れて暴走し、既成の文学サブジャンルを横断するばかりか、最終的には作品内部に書き手の固有名まで刻み込んでいくというテクストの自己言及構造を明かそうと目論んだのだ。折しも、一九六九年以来長くポー研究の基礎を成したトマス・オリーヴ・マボット編の詳注付ハーバード／ベルクナップ版全集全三巻を補うかのように、一九八一年からはバートン・ポーリン編の洞察溢れる解説と注釈が付されたトウェイン版全集が刊行開始されており、その第一巻が『ピム』だったので、大いに有益だった。この未完とされ失敗作とすら評されることの多かった中編小説には、実在した捕鯨船エセックス号の難破に伴う人肉嗜食記録が反映されるばかりか、当時未知の大陸だった南極への憧憬や地球空洞説が盛り込まれ、現代ならばパッチワーク状メタフィクションとも取れる凝りに凝ったジャンル脱構築力学が組み込まれており、それらすべての条件がハーマン・メルヴィルの世界文学的古典『白鯨』（一八五一年）に絶大な影響を及ぼしたと想定されているからだ。

アメリカにおけるポー研究史が、長いことフランスとの間の比較文学的アプローチの影響を受けてきたことは、否定できない。のちに東大大学院比較文学比較文化専修課程の初代主任教官となる島田謹二が一九四八年に『ポーとボードレール――比較文學史研究』（イヴニングスター社）を出版して土壌を耕していたところへ、一九五四年にウェルズリー大学教授パトリック・クィンが出した『ポオとボードレール』*The French Face of Edgar Poe* (Southern Illinois University Press、邦訳・北星堂書店)が一種の決定版として長く愛読されてきたこと、そもそも同書は二種類も翻訳があることなどが、環大西洋的影響を裏書きするだろう(審美社版邦訳『ポーとフランス』参照)。アメリカ本国の文学史におけるポー評価は必ずしも高くないのに、ボードレールの名訳によってポーはフランス文学に根を下ろしたのだ。二〇二四年現在、この地球上にポーに特化した学会はアメリカ合衆国のほか日本とスペインにしか存在しないが、なぜ一番関わりの深そうなフランスにポー学会が存在しないのかといえば、彼《か》の国ではポーがアメリカならぬフランス作家として容認されてきたためである。そうしたフランス系アメリカ文学観は、一九五〇年代から七〇年代にかけて、ジャック・ラカンとデリダによる「盗まれた手紙」論争によって確固たるものとなった。世界初の探偵小説の創始者ポーは、そもそも「モルグ街の殺人」(一八四一年)、「マリー・ロジェの謎」(一八四二〜三年)、「盗まれた手紙」(一八四四年)と続く名探偵オーギュスト・デュパン三部作の舞台を、パリに設定していたことも、名誉フランス作家ポーの地位を確固たるものにしただろう。

ところが、興味深いのは、八〇年代には前掲ポーリンの構想新たな新全集発刊に伴い『ピム』再評価熱が高揚し、その出版百五十周年を記念する会議がペンシルヴェニア州立大学教授リチャード・コプリーの肝煎りで、ほかならぬナンタケット島で開かれ、ポストモダン・メタフィクションの大御所ジョン・バースが記念講演を行ない、その成果が『ポーの「ピム」』*Poe's Pym: Critical Explorations* (Duke University Press, 1992) としてまとまったことだ。従来「失敗作」として切り捨てられることが少なくなかったこの中編は、時ならぬ大陸系の現代批評隆盛の波に乗り、まずはフランス新批評的な視点から読み直されたものの、八〇年代後半からは脱構築から新歴史主義、さらにはニュー・アメリカニズムへの理論的転換が図られると、アメリカ作家ポーを正当に再評価するための必須テクストになりおおせたのである。げんに、『ピム』百五十周年会議を追いかけるように、一九九〇年には北米SF作家ルーディ・ラッカーが、同作品がラストでほのめかす十九世紀作家ジョン・クリーヴズ・シムズ（キャプテン・アダム・シーボーン名義）『シムゾニア――発見の旅』（一八二〇年）ゆかりの地球空洞説と最先端宇宙論をフル活用し、ポーのボルティモアにおける客死の謎を解き明かすスチームパンク小説『空洞地球』を発表した。

一九九三年における竹内康浩の登場は、このように、ポーをフランス系理論の影響下で読み直す風潮から真正のアメリカ作家として再評価する風潮への転換点を経ている。すなわち、まったく同じ『ピム』というテクストを扱っても、一九八四年の拙論と九年後の竹内論文とでは、拠って立つ理論的背景が全く異なっていたのだ。当時、最先端を気取っていた筆者はとうに追われる身になったと言ってよい。じっさい、竹内論文の翌々年の一九九五年には、前掲パトリック・クインによって敷かれた比較文学的レールを根底からひっくり返すべく、ステファン・ラックマンとショーン・ローゼンハイムが共同編集した『アメリカ作家ポー』*The American Face of Edgar Allan Poe*（Johns Hopkins University Press）が刊行されており、ポー研究の潮流自体に巨大なパラダイム・シフトが起こっている。

その意味で、竹内を最も魅了したのは、ジョンズ・ホプキンズ大学教授ジョン・トマス・アーウィンが一九八〇年に発表した名著『アメリカの象形文字――アメリカン・ルネッサンスにおけるエジプト的象形文字の象徴』*American Hieroglyphics: The Symbol of the Egyptian Hieroglyphics in the American Renaissance*（Yale University Press）ではあるまいか。アーウィンは詩人としてもチェスの名手としても知られる才人。そして本人曰く、本書は初期のフォークナー論（一九七五年）とジョン・ブリキュース名義で発表した詩集（一九七六年）と合わせて三部作を成す。並いる十九世紀アメリカ文学研究書の中でも、フランスどころかエジプトの影響をアメリカ・ロマン派作家たちのうちに見出し、とりわけ象形文字が表現と解釈の二重化すなわち鏡像関係を映し出すところに注目した点で、さらには、ホーソーンやメルヴィル、エマソン、ソロー、ホイットマンといった定番に捧げた各章に加え、全十六章のうち十一章分、つまり全三百五十三ページのうちなんし二百ページほども――つまり分厚い本の半分以上の分量を――ポーだけに、それもずばりエジプト的象形文字が乱舞する『ピム』解読に割いているという点で、これは恐るべきマニアックな奇書である。

なぜ南北戦争前夜のアメリカでエジプトマニアとも呼ばれるブームが起こったかと言えば、一七九九年、ナポレオンによるエジプト遠征のさいに発見されたロゼッタ・ストーンなる石碑が、一八二〇年代前半にフランスのエジプト学者ジャン＝フランソワ・シャンポリオンによって解読され翻訳されたからだ。十九世紀アメリカを代表する悪名高い興行師P・T・バーナムもエジプトゆかりの石棺やミイラなどを入手していたし、ボルティモアのメンデス・コーエン大佐がエジプトから持ち帰った六百八十点もの骨董品はジョンズ・ホプキンズ大学へ寄贈された。そうしたエジプトマニアが都市建築からアメリカ・ロマン派の代表作家たちにまで多大な影響を与えたのである。アーウィンも指摘するように、ポー短編では「黄金虫」（一八四三年）や「ミイラとの論争」（一八四五年）、「スフィンクス」（一八四六年）はもちろん、『ピム』後半のツァラル島における洞窟の文字などにも、エジプトマニアは深く影を落とす。竹内の「穴と反転」は、こうした文脈から編み出されたアーウィンゆかりの方法論のうちでも二重化や鏡像関係、逆転や反転を応用しつつ、そこへ独自のひとひねりを加えるものだった。

竹内はさらに、一九九四年に出たアーウィンの第四著書『解決の謎――ポー、ボルヘス、そして分析的探偵小説』*The Mystery to a Solution: Poe, Borges, and the Analytic Detective Story*（Johns Hopkins University Press）を対象にした長文書評を『英文學研究』（七二巻二号、一九九六年）に発表している。そこでは、アーウィンがポーのデュパン三部作やボルヘスの作品構造に「二重化に伴う主・従の必然的な反転」を見出すとともに、ポーとボルヘスの文学史的主従関係を反転させようと試み、自分自身はそれ自体が「推理小説であるかのような批評書を書き上げる意図」を秘めていたことをあぶり出す。というのも、ポーやボルヘスには「謎の解決は謎それ自体より感動的でない」という共通了解があるからだ。

まことにシャープな書評だが、本書をここまでお読みになった方は、この書評で活写されたアーウィンの肖像が、どこか竹内自身と重なることに気づくだろう。本書の中心を成すテクストが、ポーの探偵小説群の王道であるデュパン三部作でもなければ「黄金虫」でも「長方形の箱」（一八四四年）でもない、往々にして叙述トリック（信頼できない語り手《アンリライアブル・ナレーター》）を初めて導入したメタ探偵小説《ミステリ》と呼ばれる「犯人はお前だ」（一八四四年）であることは、アーウィンの著書の表題通り、謎の解決よりも解決されてなお残る謎の方に、竹内もまた重きを置いているためである。

だとすれば、その一つのきっかけは本書まえがきと序章でも強調される、ポーが年少の友人である詩人弁護士フィリップ・ペンドルトン・クックに宛てた書簡の一節かもしれない。「作家自身が元々解決する明確な意図を持って編み上げた謎を解いて見せたからといって、そのどこがすごいのだろうね？」（一八四六年八月九日付）。

ここで「すごい」と訳されている言葉の原語は"ingenuity"である。ポーには他作家を評する時に、真に「独創性」"originality"があるかどうかを尺度に測る傾向があり、その概念は時に「新奇性」"novelty"の概念と被る場合もあったが、"ingenuity"は芸術家の創意工夫を高く評価するものだから、この書簡で語る「すごさ」は「才気煥発」と言ったところか。このクック宛書簡を出した時点では、ポーはすでに「モルグ街の殺人」から「犯人はお前だ」に至る彼曰くの「推理小説」（tales of ratiocination）はすべて書き終え、名探偵デュパンの天才的推理がしかるべき賞賛を浴びていたから、作家による自己完結的な装置が機能したからといって「そのどこがすごいのだろうね？」と切り返すのは、ふつうに読めば、社交儀礼的な照れ隠しのように聞こえる。しかし常人ならそのように読み過ごしてしまう発言の背後にこそ、ポーが秘めた真の「すごさ」が潜んでいるのではないかと洞察するのが、竹内康浩自身の「すごさ」なのである。

私はかねがね、真の批評というのは作家の編み出した物語に対して批評家が織り紡ぐメタ物語にほかならないと考えているが、そうした作業には探偵小説の中に作者も明記しなかったもうひとつの探偵小説を読み込んでしまう、一定のメタ感覚が不可欠だ。それはボルヘスを読み込むアーウィンが一種の文学探偵として「執拗に追求する手順」に感嘆し「入念なのはボルヘスなのか、アーウィンなのか」と記す竹内自身の姿に重なる（前掲アーウィン評、三〇六頁）。入念なのはポーなのか、竹内なのか。作家の表現なのか、読者の解釈なのかが不分明になり、それこそ壮大なスケールで「反転」しかねないところまでテクストを追い詰めるところに本書の醍醐味が潜む。

本書は、デビュー論文「穴と反転」以来一貫してブレることのない竹内康浩独自の読者反応論批評によるポー作品全般への分析がぎっしり詰まった集大成なのである。

二十一世紀ポー批評の新たな可能性を照射した本書に、心から拍手を送りたい。

（たつみ・たかゆき　慶應義塾大学名誉教授／慶應義塾ニューヨーク学院長）

新潮選書

謎《なぞ》ときエドガー・アラン・ポー　知《し》られざる未《み》解決《かいけつ》殺人《さつじん》事件《じけん》

著　者………………竹内康浩《たけうちやすひろ》

発　行………………2025年2月20日
2　刷………………2025年6月5日

発行者………………佐藤隆信
発行所………………株式会社新潮社
〒162-8711 東京都新宿区矢来町71
電話　編集部 03-3266-5611
　　　読者係 03-3266-5111
https://www.shinchosha.co.jp
シンボルマーク／駒井哲郎
装幀／新潮社装幀室

印刷所………………株式会社三秀舎
製本所………………株式会社大進堂

乱丁・落丁本は、ご面倒ですが小社読者係宛お送り下さい。送料小社負担にて
お取替えいたします。価格はカバーに表示してあります。

ISBN978-4-10-603923-2 C0398

謎ときサリンジャー
「自殺」したのは誰なのか

竹内康浩
朴舜起

世界最高峰のミステリ賞〈エドガー賞〉で最終候補となった米文学者があの名作に知られざる事件を発見！　作家の作品世界全体をも解き明かす衝撃の評論。

《新潮選書》

謎とき『罪と罰』

江川卓

主人公はなぜラスコーリニコフと名づけられたのか？　666の謎とは？・ドストエフスキーを本格的に愉しむために、スリリングに種明かしする作品の舞台裏。

《新潮選書》

謎とき『カラマーゾフの兄弟』

江川卓

黒、罰、好色、父の死、セルビアの英雄、キリスト。カラマーゾフという名は多義的な象徴性を帯びている！　好評の『謎とき「罪と罰」』に続く第二弾。

《新潮選書》

謎とき『悪霊』

亀山郁夫

現代において「救い」はありうるのか？　究極の「悪」とは何か？　新訳で話題の著者が全く新たな解釈で挑む、ドストエフスキー「最後にして最大の封印」！

《新潮選書》

謎とき『風と共に去りぬ』
矛盾と葛藤にみちた世界文学

鴻巣友季子

これは恋愛小説ではない。高度な文体戦略を駆使した壮大な矛盾のかたまりを、作者の人生も重ねて読み解けば、現代をも照射する新たな世界が見えてくる。

《新潮選書》

謎とき百人一首
和歌から見える日本文化のふしぎ

ピーター・J・マクミラン

男が女のふりで詠むのはなぜ？　撰者は藤原定家ではない？　主語がない歌の解釈は？　『百人一首』全訳に取り組んだ英文学者が、百首の謎を解き明かす。

《新潮選書》